NARRATORI DELLA FENICE

Disegno e grafica di copertina di Guido Scarabottolo

Per essere informato sulle novità
del Gruppo editoriale Mauri Spagnol visita:
*www.illibraio.it*
*www.infinitestorie.it*

ISBN 978-88-6088-842-6


Gruppo editoriale Mauri Spagnol
www.guanda.it

EDOARDO ALBINATI, LORENZO CHIODI
DIEGO DE SILVA, LAURA DEL LAMA
MARTA MORAZZONI, GIANLUCA MOROZZI
DIVIER NELLI, PAOLO NORI
MARCO VICHI

# È TUTTA UNA FOLLIA

*Con uno scritto di Mario Tobino*

*A cura di Marco Vichi*

UGO GUANDA EDITORE
IN PARMA

## EDOARDO ALBINATI

# *Demi-moi*

Non c'è bisogno di un film dell'orrore per azionare una motosega. Al primo strappo della manopola o il più delle volte (poi che è raro che un motore a scoppio si accenda al primo tentativo) al terzo o al quarto o al quinto, si capisce che non è più lei il tuo strumento, ma sei tu il suo. Tantomeno c'è bisogno di essere dei boscaioli. Chi si guadagna il pane con una certa tecnica sarà pure bravo ed esperto ma non conosce la portata del suo gesto o la conosceva e poi l'ha accantonata a furia di praticarlo. Ha scordato quella sensazione estrema. Retrocedendo verso lo standard indiscutibile dell'efficacia. È piuttosto il dilettante che viene trascinato dalla sua ignoranza e dalla curiosità verso la potenza pura, che è sempre distruttiva, visto che cambia violentemente lo stato delle cose. Tagliare nodi o capelli, spaccare pietre, scavare la terra, far crollare, abbattere, bruciare, bollire, sciogliere, pungolare, penetrare, scorticare. Lo scatto dell'azione ha un che di morboso e inarrestabile. Quando la lama della sega affonda e stride nel legno non posso fare a meno di insistere, insistere. Fino al punto di non ritorno. Forse è per via dell'impugnatura a brando. Favorisce la fusione delle braccia con la loro estensione meccanica, rendendole micidiali. Grazie ad essa viene meno del tutto la labile differenza tra possedere ed essere posseduto, e il bello è che questo accada grazie a qualcosa che ho comprato in ferramenta, nella periferia di Zagarolo, per la bellezza di 154 euro, più la miscela e l'olio con cui ungere il nastro dentato, è bello che basti una decisione in apparenza secondaria a cambiare per sempre la vita: la vita mia e quella di molte piante. Un amico psichiatra, Giovanni Spigai, sostiene che è sempre la scelta ad alimentare l'instabilità mentale, o piuttosto che questa si manifesta peculiarmente sotto forma di scelta, generando alternative impensabili ed essendo capace di imboccarne una e percorrerla sino ad annullare tutte le altre, sino ad annullare chi la compie, il quale finisce, per così dire, imprigionato nella propria scelta. Il che provoca uno strano agio, una inimitabile pace nell'angoscia più profonda: la sensazione netta che «non c'è più niente da fare», «ormai è troppo tardi». Impossibile voltarsi e tornare indietro perché il cammino percorso sin lì è crollato in fondo a un burrone, il che avviene col semplice trascorrere del tempo in ogni singolo evento della vita, alle cui spalle i ponti si sgretolano un istante dopo che li hai attraversati, e non puoi, se mai avessi un ripensamento, percorrerli al contrario. Sto parlando infatti di chiunque arriva a toccare il fondo, ci arriva per caso o giudiziosamente, è lo stesso. La qual cosa ha poco a che fare con i casi clinici, cioè i pazienti che Vanni tratta professionalmente prescrivendogli farmaci che allappano la lingua: il cerchio di persone coinvolte è assai più ampio, oserei dire che include *tutti*. In particolare i dilettanti, gli episodici, chi pur avendo una patente di ordinarietà ottenuta per il rotto della cuffia trascorre una domenica piegato sotto le raffiche di un venticello fatale. Ora il frastuono dei 43 cc mi occupa per intero, diciamo pure che se una motosega fosse silenziosa non sarebbe la stessa cosa, la sua lama perderebbe il filo, e la presenza di altre motoseghe in azione, infatti, non è mai visiva, non le vedi al lavoro intorno a te: le senti in lontananza. Le avverti. Dal fondovalle risuona una cantilena rabbiosa e monotona, e dalla cima di un poggio ne risponde un'altra. È il semplice fatto che sia accesa a obbligare chi imbraccia una motosega a entrare in azione, dirigendola verso un obiettivo. Se l'obiettivo non c'era, non era disponibile al momento dello strappo della manopola, lo si trova in un raggio relativamente breve. Lo si trova *per forza*. Sta lì, sotto gli occhi, anche se non si vede, *soprattutto* se non si vede, e non c'è nulla che sia indegno di soccombere sotto la lama, nulla troppo minuto o esile o troppo prezioso o insostituibile per non essere tranciato in un secondo, macché, in un decimo di secondo, nemmeno un mazzo di asparagi selvatici o un ciuffo di malerba, che infatti vola in aria con uno sbuffo e il ruggito del motore in accelerazione mentre lo falcia non ha nulla di esagerato o sproporzionato, si potrebbe usare la ghigliottina per scoperchiare un uovo sodo e non ci sarebbe alcunché di riprovevole – almeno secondo me, per come la vedo modestamente io. In uno spettacolo di teatranti russi ce n'era uno, barbuto, con la faccia dipinta e un cappello orlato di candeline accese, che saliva su una sedia e si impiccava per stappare una bottiglia di champagne, e be', il suo sciocco sacrificio non faceva che rendere più esaltante il fiotto di schiuma, illuminandone la fontana nel buio. (Interessa? Interessa *davvero*, o è la solita fregola di correre a verificare? Quella che stringe alla gola ogni volta che la memoria o la curiosità si aggirano intorno a un vuoto, a un nome, e che nell'ultima settimana mi ha fiondato alla ricerca di definizioni e informazioni su Katanga, valetudinario, *La notte brava del soldato Jonathan*, anchoring effect, Asura, filistei, Dianne Wiest, noli me tangere, Sparks, Giovanni Cariani, Hammershøi, Palazzo Litta, Augenblicksgott, Theos Casimir Bernard e Vanna Ganska...) (I russi su YouTube, vedi Akhe, Engineering Theatre... riprese pirata.) L'enciclopedismo è una droga pesante con un unico pusher inesauribile. Ho sentito dire da testimoni abbastanza degni di fede, degni di abbastanza fede, che alcuni cacciatori rimasti col carniere vuoto, al ritorno dalla battuta sparavano ai loro cani. Creavano così la selvaggina che non avevano trovato. Per poi magari dolersene con un filo di moccio al naso – eppure preferivano tale rammarico a tenersi inutilizzato il colpo in canna. Io altrettanto crudelmente mi dirigevo verso un boschetto di robinie, legname pessimo per il fuoco, ma con un gesto cavalleresco e un po' pigro decisi di risparmiare le piante ancora in piedi e mi accanii contro quelle già schiantate e mezze sepolte nell'umido delle foglie. Il valore commerciale era di pochi euro e la qualità di combustione così scarsa che piuttosto che ravvivare il fuoco quelle robinie fradice promettevano di estinguerlo. I loro tronchi stavano allungati nello strame come corpi di cui affiora la schiena. Bastava poggiarci sopra la pala dentata e quella affondava nel marciume del legno, trascinata dal peso dell'attrezzo.

L'impressione di non governare gli eventi era, appunto, solo un'impressione: in realtà la scelta era stata netta, anche se non si sa bene compiuta da chi. Abbiamo parecchi chi a disposizione, che si avvicendano come operai al turno. Vanni mi aveva portato l'esempio di un suo amico che aveva una fidanzata ufficiale, e, di nascosto alla fidanzata, un'altra donna. Fin qui niente di nuovo né di speciale, cose che succedono. Ci si inarca con un senso di maggiore presa sulla realtà, quando si coltivano più amori nello stesso tempo, coprendo lo spazio fisico che separa i corpi desiderati con uno slancio instancabile. L'amico di Vanni faceva il rappresentante su auto di grossa cilindrata e non aveva difficoltà a mantenere in piedi le due relazioni con un regolare gioco di spola. «Senonché la sua donna segreta a furia di scoparci resta incinta», queste le parole esatte impiegate da Spigai nel raccontare la vicenda che si complica. Ma anche qui, penso io, nulla di particolare tranne che un innalzamento del coefficiente di difficoltà con un conseguente gusto perverso nell'affrontare la vita. Il nichilismo non ha altro sbocco che l'azione. Forse per questo il più famoso uomo d'azione della Storia viene preso a modello per impersonare la follia. La differenza starebbe tutta qui, tra agire sul serio – o limitarsi a sognare, progettare, minacciare di agire. Ecco perché si raffigura uno che con la mano infilata nel panciotto cammina avanti e indietro dando ordini. Forse non esistono spostati che si credono Napoleone, e in Francia, immagino, meno che altrove. Dovrei verificare su qualche manuale di patologia. Oppure sì, esistono, ci sono migliaia di Napoleoni a spasso che intimano al mondo di inginocchiarsi al loro passaggio, e lanciano le loro armate contro il nemico da cui sono circondati. Usano sempre una certa logica, questo gli va riconosciuto. E il bello è che spesso lo distruggono, lo distruggono davvero, il nemico, anche se quello rispunta di nuovo e più forte qualche tempo dopo: cosicché la loro guerra non avrà mai fine. Io con la mia motosega dalla catena lustra d'olio stavo sezionando le robinie morte in ciocchi inadatti al camino. Più tardi avrei dovuto spaccarli per lungo a colpi d'ascia, come si vede fare nei film da uomini muscolosi, con gesti violenti e precisi. A riprova del mio accanimento restava nel sottobosco una scia di trucioli, che, una volta secchi, possono servire da esca, ne basta una manciata per appiccare il fuoco. La combustione è il più semplice modo di rendere fugacemente splendido ciò che viene distrutto. Non esiste nulla di delicato quanto il modo in cui le fiamme lambiscono l'oggetto che avvolgono: prima di impadronirsene, lo leccano, lo accarezzano a lungo sui fianchi... mi si rizzano i peli di piacere solo a raccontarlo. Diceva Spigai che il suo amico, a quel punto della vicenda, aveva preso una decisione clamorosa, si era sposato con l'amante incinta (ancora una mossa, se vogliamo, scontata, quasi un omaggio alla tradizione...), solo che lo aveva fatto senza prima lasciare la vecchia fidanzata, anzi, l'aveva tenuta all'oscuro di tutto. Pensava di sposarsi ma continuare tutto come prima, e in effetti la sua vita era filata relativamente tranquilla dopo le nozze, le due donne abitavano in paesi distanti cento chilometri l'uno dall'altro e per quanto si parli tanto della connessione globale tra gli individui, in molti posti d'Italia cento chilometri di superstrada che di solito non è super per niente equivalgono a vivere su Marte e su Saturno. Ecco perché questo soggetto poté tenersi la fidanzata storica e la moglie ufficiale, e di lì a poco divenire padre di un bambino. Era un segno di mancanza di coraggio oppure una forma scervellata di coraggio? Così facendo egli aveva scelto oppure si era rifiutato di scegliere? Non ho capito che differenza c'è. Ho capito che il filo viene teso finché regge, e solo quando sopraggiunge la rottura si può dire: «questo filo non teneva», «questo filo non era adatto». La birra è buona quando l'hai bevuta, una ragazza è bella quando l'hai baciata: con questa filosofia in testa, il tipo aveva proseguito il suo cammino o per meglio dire, vi era stato sospinto da quello strano, quasi piacevole venticello di fatalità, cui accennavo prima. «Fin quando commise un errore inevitabile...» dice Spigai. «Se esistono cose davvero inevitabili» lo interrompo, «bisognerebbe mettersene subito alla ricerca, invece che scansarle.» «Appunto: e infatti è nella natura di un uomo così fatto di non potersi mai fermare, di non poter arrestare la sua ricerca di complicazioni.» Sicché, come quegli acrobati cinesi che in equilibrio sulla gamba di una sedia reggono sulle braccia, sulle spalle e sulla fronte dei pioli in cima ai quali vorticano piattini di coccio, e per quanto siano già sovraccarichi di piattini roteanti, con l'unica mano libera continuano ad aggiungere all'esercizio un nuovo piolo e un nuovo piattino, poi ancora un altro piolo con in cima un altro piattino che frulla, rizzandoli sulla punta del naso e su ogni centimetro del corpo che fornisca un minimo appoggio orizzontale, come il dorso del piede o un gomito, finché pensi che sia impossibile aggiungere ancora un piattino e invece loro immancabilmente lo fanno, diventando una specie di albero di natale tremante – così l'amico sposato e fidanzato di Vanni Spigai finì (o decise) di innamorarsi di una terza donna, anzi per questa, che aveva soltanto quindici anni e mezzo ed era bellissima, una per cui davvero perdere la testa, perse davvero la testa e tutto il resto. La nuova ragazza gli entrò nella vita come il treno di quella foto d'epoca, che sfonda la stazione e casca di sotto. «Va be', è un dongiovanni» ricordo di aver risposto superficialmente a Vanni, non potrà fare a meno di quella roba, deve sempre andare in caccia... il brivido di nuove avventure, eccetera. «Al contrario, credo che stavolta stesse cercando un muro contro cui andare a sbattere. A forza di svolte si è cacciato in fondo al labirinto e lì c'era una cella preparata solo per lui. Ed è andato ad abitarla. La molteplicità dei rapporti finisce per essere, e fin dal principio è, l'esatto contrario della libertà.» Su questo treno sovraffollato costui aveva proseguito la sua corsa fino all'incidente, cioè fino al momento in cui era stato scoperto, come sembrava ovvio sin dall'inizio: la cosa singolare fu però che la fidanzata storica venne a sapere della giovanissima amante, e non della legittima moglie sposata in chiesa, di cui continuava a ignorare l'esistenza – ma questo tradimento le fu più che sufficiente per mollarlo. Poco dopo fu anche la ragazzina a dirgli basta, annoiata dalla differenza di età, e dalle attenzioni morbose che costui le riservava (voleva accoppiarsi con lei a ripetizione, in ogni frangente, ma glielo richiedeva in maniera lamentosa, con quella specie di lagna eccitata che caratterizza gli innamorati persi), e poiché l'uomo in seguito a questo trauma era diventato impotente, ci si aspettava da un momento all'altro, secondo Vanni, che anche la moglie legittima chiedesse la separazione. «Da tre a zero spaccato...» Non sono mai sicuro che le storie riferite da Spigai siano vere. Vere cioè al dettaglio. Raramente l'autore di un racconto è meno bizzarro dei personaggi da lui messi in campo: se quelli mentono, lui mente due volte tanto. I racconti hanno una forza trascinante che abbatte la morale della sincerità: le peripezie si susseguono con il ritmo di un interrogatorio, a una domanda segue una risposta quasi automatica, il che genera una replica leggermente folle e presto siamo nel regime dell'inspiegabile che però corrisponde nel modo più esatto alla realtà così com'è, anche se non si capisce come si sia arrivati al qual punto, seguendo quale logica. Com'è possibile che la gente soffra tanto per nulla? Come si spiega tanta neve inutile caduta nell'ultimo mese? Come si spiega che sotto una recensione on line di un libro uscito da poco, che racconta la morte di mio padre, vi siano centocinquanta commenti di questo tenore: «vajelo a di' er fatto loro, a 'sti stronzi, faje vede' che ciai li cojoni de fero, a 'sti fiji de 'na mignotta, che poi te pagamo er conto der dentista», «interloquire con un tanghero come te è un'esperienza surreale, quanto insegnare ad un babbuino a fare pesca subacquea», «ce fazzu a facci comu nu tamburu, e poi ce fazzu u cappottu i lignu», «ma piantala di spacciare questa pedagogia del kazzo, e cerca di renderti utile, leguleio de sta cippa!», «preferirei una pantegana di sedici chili al posto tuo», «guarda che a te ti cerca suor

Diletta Pagliuca, dice che devi prendere la pillola gialla a strisce nere, quella dei grandi incontinenti... », « ... ah sì? e a te, la cassata siciliana ti ha fatto male per caso? L'avrai mica inserita nell'orifizio sbagliato come tuo solito? » e così avanti per pagine, e non so come abbia avuto origine questo scambio, non mi capacito di come abbia potuto prendere spunto da un malinconico libretto sul babbo morto – dopo essere risalito indietro per una cinquantina di commenti ho smesso di cercare un perché. Mi sono arreso all'evidenza. Che è più grande di me, dei commentatori on line, di tutto quanto. Altrimenti i fatti semplicemente non accadrebbero e il mondo si fermerebbe. Possibile che una nave con quattromila passeggeri sia capitanata da un cazzone? Con quale spirito guardare i boss che si riuniscono nella sede dell'associazione « Falcone e Borsellino »? Esiste una logica che non sia paradossale? I bambini in Uganda li rapiscono davvero o si tratta di una trovata pubblicitaria per rastrellare fondi, o entrambe le cose? Che senso ha prendersela coi figli quando somigliano ai genitori e prendersela quando non gli somigliano? E che una ragazza venga strangolata dallo zio per via di un paio di calzoni aderenti, mentre un'altra mette il suo moroso di fronte all'alternativa secca « o ci sposiamo o ci lasciamo »? Basta. Premo il pulsante di spegnimento della sega con la mano che trema. Continua a tremare anche dopo. Le vibrazioni le sento all'attaccatura tra braccio e spalla. Come se scollassero i muscoli dall'osso. Questo attrezzo risveglia parti del corpo, bruscamente. Le individua. Mi rendo conto degli anni che ho come se contassi gli anelli in un tronco e sono io quel tronco segato a metà. Demi-moi. Nella parte di sotto, dentro la tasca dei calzoni, il telefono pulsa di chiamate perse. Erano sommerse dal rombo della sega. Il lavoro ha la meglio su tutto. E io non posso che eseguirlo in apnea: se mi fermassi a respirare probabilmente sopravviverei e non è affatto questo lo scopo del lavoro. Chi sopravvive alla propria opera vuole dire che aveva paura. Di che cosa? Della morte? Della morte di *chi*? Lavorando oltrepasso la morte col morente e la nascita col bimbo appena partorito, oltrepasso ogni dramma e ogni gioia con slancio, sarò io al momento giusto a farmi avanti per lavare il suo corpicino sporco di muco, a scacciare gli insetti molesti dalla culla, che dondola, e dondola, dondola grazie a quella piccola spinta iniziale che demmo inavvertitamente – e non si ferma mai. Eh sì, la bellezza di sette chiamate perse. Sette persone o la stessa persona sette volte? Non mi degno di prenderle in considerazione. Debbo continuare il lavoro prima che cali il sole, il *mio* lavoro, il mio *importante* lavoro, ed essendoci intorno a me boschi a perdita d'occhio, solo l'esaurimento della miscela potrà dare lo stop. Insistere, insistere, insistere. Insisti e i tuoi gesti assumeranno un senso. Ripeti il gesto e il senso ci volerà dentro come se obbedisse a un richiamo, più il gesto è vuoto più attirerà dentro uno spirito, e un nome, un motivo. A passetti laterali scendo in una forra occupata per lo più da rovi attraverso cui mi apro la strada agitando la pala della sega. Quando non riesco più ad avanzare nell'intrico, la accendo. La accendo senza usare precauzioni, cioè, lascio che mi cada dal pugno stretto intorno alla manopola e sia la forza di gravità a dare lo strappo. Si mette in moto con un raschio potente. A questo punto l'intero boschetto di rovi rabbrividisce e dà l'impressione di arretrare, di fare largo al mio passaggio per non essere reciso, come se si fosse risvegliato dal sonno in cui l'aveva fatto piombare un evento fiabesco. Non mi lascio ingannare o impietosire dalle leggende di cui pullulano i boschi intorno a Roma. Sicuramente le cose che narrano sono vere e fanno paura. Solo che hanno smesso di accadere e la loro passata minaccia serve tuttalpiù a impreziosire un tardo pomeriggio, una passeggiata, come il ricamo sull'orlo di una manica di velluto. Le stagioni presentano ciascuna un tipico aspetto di rituale immobilità, che dura appena più di un istante, come il famoso raggio verde al tramonto, una figura di impeccabile compostezza che sembra annunciare: «Ecco, quel che dovevo fare, ho fatto. È tutto qui e *si vede*. Ora se volete violare la mia opera è affar vostro: purché vi prendiate per intero la responsabilità delle conseguenze. Se no, ne riparliamo tra un anno». Chissà se questo suona come un divieto o un invito: e fin dove arriva nell'anima di chi osserva un paesaggio il desiderio di entrare a farne parte. L'alternativa a incorporarvisi sarebbe di oltraggiarlo col medesimo spirito dell'artista che dipingeva i baffi alla Gioconda: più che uno sberleffo, il gusto incomparabile del superfluo. La bruttezza come la bellezza quasi sempre è un lusso inutile. Squarciata la parete di rovi, una radura pianeggiante e in mezzo ad essa una quercia sugheraia, non grande, ma bellissima, isolata dal resto del bosco. I suoi rami bassi divergono dal tronco a un'altezza che potrei raggiungere. So che è una bestemmia segarli e che debbo inventarmi alla svelta una ragione per farlo o una ancora più valida per desistere. Reggo la sega a braccia alzate e taglio, faticando non poco, per fortuna la lama penetra nella polpa del ramo senza incontrare resistenza finché resta solo una striscia di corteccia a unirlo al tronco, simile a un lembo di pelle, e il ramo si schianta. Si fa di colpo silenzio nel bosco. Sembra vi sia un metro di neve per quanto tutto tace. Con la suola dello scarpone faccio rotolare il ramo arcuato per sezionarlo meglio: sapevo già che, in ogni caso, sarebbe stato difficile trasportare quella legna, dunque che la tagliavo a fare? Mentre mi accingo a farlo comunque, squilla il telefono. Credo sia un segnale quando la suoneria non si sente, e quando invece sì, e uno risponde, e le notizie arrivano, penetrano. Infatti è Vanni Spigai. «Hai ancora bisogno di uno spunto?» Be', ne sono sempre a corto: il tema è sterminato e la mente capiente. «Allora stai a sentire. Si tratta di un musicista di Cavallino. Giovane, molto bravo. Ma è stufo della musica che fa, del gruppo con cui suona, del loro aspetto fisico, che come sai costituisce il cinquanta per cento del significato di una band...» «... anche di più...» «Succede di aver bisogno di una svolta, anche quando non si sa bene in che direzione farla, si sente che è necessario, necessario... cambiare... per cui un bel giorno lui cosa fa, prende tutte le sue magliette e ne strappa il collo, sul davanti. Capito? Da girocollo le T-shirt le fa diventare a V.» Un'idea semplice ma coraggiosa, penso. «Fino in mezzo al petto.» Può essere l'inizio di una nuova vita... certo, un taglio. «Poi lui è partito da Cavallino, senza il suo gruppo, per andare a fare una serata di sola chitarra 600 chilometri più su, verso Fano. Dove, detto fra parentesi, poiché non ha molta importanza nella storia, incontra in un negozio di amplificatori un uomo che aveva suonato insieme a suo padre, nella banda, durante il servizio militare.» «Che strana coincidenza» dico io, malgrado abbia letto in vari libri che, dal punto di vista della probabilità, questi incontri non sono affatto straordinari. Infatti non è a questo che Vanni voleva arrivare: il punto a cui tende la sua storia è un altro. «Quando ritorna a casa, a Cavallino, un paio di giorni dopo, trova le magliette sul letto, messe in bell'ordine, impilate. Sai cos'era successo? *Sua madre gliele aveva ricucite tutte.*» Senza far domande, aveva rammendato a tutte quante il collo strappato apposta da suo figlio. Come se fosse un normale lavoro di casa. Vanni, grazie, questa è una buona storia. Forse. La modificherò qua e là, ma poco, solo un poco... basta poco per ridurla a niente. Prima però devo finirla con la quercia che ho reso monca per esperimento. Se non l'avessi fatto non sarei stato mai consapevole di essere capace di farlo: è in fondo la ragione per le cose buone o cattive che ho realizzato in vita mia e di tutte quelle che ho mancato. Provare a... Stare a vedere cosa succede se... Onde evitare che il ramo mi rotoli addosso prendendo l'abbrivio dalla catena dentata, come mi è già successo varie volte, dato che la sega è così potente da far schizzare ciocchi belli grossi, ci punto sopra il piede sinistro caricandolo con tutto il mio peso. So che è un rischio dato che dovrò segare il ramo a non più di una trentina di centimetri dal piede altrimenti perdo l'equilibrio, con le gambe divaricate, ma va bene, va bene così, starò attento. Faccio rombare il gas della sega e abbasso lentamente la lama verso ramo e piede. Starò molto attento. E comincio a tagliare.

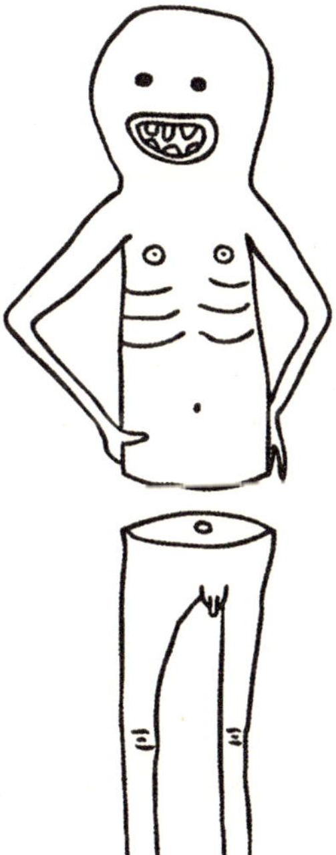

Disegno © di Adelaide Albinati

## LORENZO CHIODI

# *Il mio gioco preferito*

### *1*

Il mio gioco preferito da bambino era immaginare che la nostra casa fosse un castello. Il grande giardino che circondava la nostra villa diventava un fossato, e il cancello automatico all'ingresso, il ponte levatoio. Mio padre era il re, mia madre la regina. C'era anche un principe, un bambino biondo con gli occhi a palla che immaginava tutto questo.

Abitavamo in una villa dell'Ottocento, in una delle strade più belle della periferia fiorentina, una striscia tortuosa d'asfalto che si arrampica sulla collina di Fiesole.

Dalla finestra della mia stanza potevo vedere tutta la città, e l'Arno che la spezzava in due; potevo distinguere il Duomo e il Campanile. Conoscevo a memoria i nomi di tutti i ponti, me li aveva insegnati mio padre, e affacciati al balcone della mia stanza al primo piano, aggiungeva suasivo: «Il mondo è ai tuoi piedi».

Allungavo una gamba oltre le sbarre del balcone e mi sembrava di poter camminare sopra la città, come un gigante. Sarei stato attento a non schiacciare niente, proprio come un Grande Gigante Gentile. Fantasticavo, e un giorno avrei regnato su quel borgo antico, sarei stato un monarca probo e saggio.

Perché a quell'età è facile distinguere il bene e il male, come due parti della stessa città separate da un fiume.

Avevo una smisurata fantasia da bambino, e non avrei potuto sopravvivere altrimenti.

Mio padre lavorava tredici ore il giorno, sei giorni la settimana. La domenica, solo mezza giornata. Una maratona.

Non era mai a casa, e la sera quando tornava, dopo cena, appassiva sulla poltrona del salotto a leggere il giornale e sorseggiare cognac o armagnac. Mi voleva bene mio padre, e mi riempiva di regali. Avevo tutto quello che un bambino possa desiderare: il Nintendo, i giochi da tavolo e il tavolo da ping-pong, il calcio balilla. Ma non potevo giocare da solo a ping-pong, e neanche a calcio balilla.

Mia madre rimproverava papà perché lavorava troppo e non aveva tempo per la famiglia. E mio padre chiedeva retoricamente alle pareti del salotto *chi* avrebbe potuto mantenere quella lussuosa villa di Fiesole, se non lui medesimo.

Soprattutto quando avevamo ospiti a cena, e accadeva sovente, mia madre decantava con voce da usignolo la naturale e doverosa predisposizione di suo marito al lavoro, lamentandosi senza convinzione come l'uso borghese conviene.

«Enrico sgobba tutto il giorno, per cosa? Per dare allo stato metà di quello che guadagna!»

E i nostri ospiti annuivano, comprendendo e confermando tanta saggezza.

Ma mia madre non menzionava mai nei suoi sermoni

la Carrera che riposava in garage o il quindici metri che si cullava placido ormeggiato al porto di Punta Ala. E neanche i gioielli che papà le regalava: non gli orecchini, gli anelli e neanche le collane. Non le vacanze in Costa Azzurra.

Mia madre non lavorava, avrebbe preferito la forca. Aveva ereditato una fortuna, tra cui la casa dove vivevamo, e spendeva in dodici mesi quello che una famiglia proletaria non riuscirebbe a risparmiare in vent'anni. Passava la giornata in un'associazione di volontariato, un'associazione per filantropici nullafacenti. Non ricordo di cosa l'associazione si occupasse, forse di bambini africani, forse di un conto corrente alle Cayman.

Occupava il pomeriggio organizzando concerti e feste di beneficenza, disquisendo al telefono di musica sinfonica e salmone norvegese. Così rimanevo in giardino a giocare con il mio castello e le sentinelle che incarnavo dagli ulivi. C'erano tante file irregolari di ulivi che scendevano fino ai piedi della collina, e nella mia fantasia marciavano ordinati come soldati.

Avevamo a servizio anche un giardiniere, e fino a quando compii quattordici anni, una colf polacca che si occupava di me. D'estate mi piazzava in giardino, d'inverno davanti al televisore. Quando non ero al doposcuola dalle suore. Perché le suore sono state sempre presenti nella mia carriera scolastica: Suore Francescane della Trasfigurazione all'asilo, Suore Serve di Maria S.S. Addolorata alle elementari e alle medie. Ho un terribile ricordo delle suore: all'asilo ci davano sempre un foglio bianco con disegnati i contorni del volto di Gesù, e lo dovevamo colorare. I colori non potevano scostarsi troppo dalla realtà, e se facevi i capelli verdi a Gesù, la suora di turno si arrabbiava. Così i disegni, alla fine della giornata, erano tutti uguali.

A quattordici anni mi divincolai dalla presa conformante della religione e combattei la prima battaglia contro i miei genitori. La mamma aveva già pianificato la mia carriera scolastica: asilo dalle suore, elementari dalle suore, medie dalle suore, liceo dai preti. L'università, forse, avrei potuto sceglierla. Anche se papà covava in segreto un grande sogno, e già mi vedeva nel suo studio, vicino di stanza, per condividere lo stesso mestiere, la stessa segretaria, gli stessi clienti e le medesime notule. Giurisprudenza, certo, e cos'altro?

« Scolopi o salesiani, sei tu che devi scegliere. »

« Sei tu che devi scegliere » suonava come una presa per il culo. Liceo classico dai preti, poco importava quale congregazione clericale. Non ero d'accordo, e per la prima volta nella mia esistenza palesai il mio disappunto.

Mia madre non la prese bene, rimase con un'espressione offesa e mortificata per i giorni a seguire. A mio padre non interessava la faccenda, aspettava solo l'università per affondare gli artigli nella mia vita.

Almeno condividevo la sua idea, perché concepita attraverso un sano e cinico ragionamento: quando diventi avvocato, ti lascio studio e clienti.

Mia madre partoriva le sue valutazioni attraverso criteri astratti e classisti: « Alla scuola pubblica vanno solo i figli degli immigrati » le piaceva ripetere. E come potevo assecondare questa congettura?

Mia madre ne era convinta, e non metteva il naso

fuori dal giardino, se non diretta al circolo del bridge o del tennis, alle boutique di via Tornabuoni o al supermercato naturale. Aveva un'idea moderatamente distorta della realtà: la periferia della città somigliava al Bronx, la scuola pubblica a Sollicciano.

No, dovevo combattere. E alla fine la spuntai: liceo scientifico Antonio Gramsci.

Solo il nome faceva rabbrividire mia madre.

A giugno avevo vinto la prima battaglia contro i miei genitori. Mi sentivo più grande, forse un uomo. Sapevo che ce ne sarebbero state altre, che dovevo prendere la mia vita per mano e trainarla come un pesante sacco di patate, ma mio padre mi aveva sempre confidato che la strada sarebbe stata in discesa. Mio padre si sbagliava: non aveva calcolato bene le distanze e le condizioni meteorologiche, non aveva contemplato sulla tabella di marcia quel deserto ventoso e senza indicazioni che è l'adolescenza.

Qualcuno fa differenza tra prima e seconda adolescenza, collocando tali periodi nell'età compresa, rispettivamente, tra i dodici e i quindici anni, e tra i quindici e i diciotto. Se dovessi raccontare della mia adolescenza, farei coincidere questo periodo con l'inizio e la fine del liceo.

Il periodo dei grandi cambiamenti, la stagione dei monsoni, arrivò d'estate. Precisamente un torrido pomeriggio di metà luglio.

Non avevo mai sentito litigare i miei genitori, mai li avevo sorpresi nel mezzo di un vero e proprio alterco, con i muscoli del collo tesi e la faccia paonazza. Discutevano, certo, non sarebbe verosimile il contrario, e probabilmente stavano attenti a non farsi sentire.

Non ricordo, d'altra parte, un solo gesto d'affetto tra loro, ma forse anche qui stavano attenti a non farsi scoprire. Non un bacio e nemmeno una carezza, al massimo un paio di luccicanti orecchini per Natale.

Mio padre e mia madre sembravano non avere niente in comune, almeno a livello ideale. Pareva una convivenza forzata, come due sposi promessi a tavolino dalle rispettive famiglie. Parlavano tra loro di rado e affrontavano argomenti frivoli e mondani. Onestamente non mi ero mai posto il problema, così era sempre stato e così doveva essere, perché erano mio padre e mia madre, prima che marito e moglie.

Questa considerazione trovò conferma quel torrido pomeriggio di luglio.

Mio padre era a lavoro quando la mamma mi convocò nel nostro salotto. Aveva preparato il tè e disposto sul tavolo, davanti al divano, un intero vassoio di pasticceria secca. Non per addolcire la pillola, solo perché nella sua mente quello era lo scenario di ogni dialogo.

Vidi il vassoio di pasticcini e capii che qualcosa non andava. Non ne comprendevo il motivo, non avevo combinato niente di così grave.

«Siediti qui, accanto alla mamma.»

«Che ho combinato?»

«Niente tesoro, la mamma ti deve parlare.»

Era un esordio nefasto, lo sapevo.

Seguì un breve preambolo sul ruolo dei genitori, su diritti e doveri dei figli. Poi la fatidica frase.

«Io e tuo padre ci siamo sempre voluti molto bene.»

«E ora?»

«Certo, anche ora; ma vedi, arriva un momento nella vita di una coppia che...»

«Tu e papà state divorziando?» la interruppi.

Mi guardò con aria sorpresa, spalancando gli occhi, come se avessi sparato una poderosa bestemmia, e la sua diplomazia svanì.

«Quel porco di tuo padre ha un'altra donna.»

Lo disse istintivamente, ma senza pentirsene. Per la prima volta in vita mia, mia madre fu sincera e spontanea. Sorrisi accarezzandole il dorso di una mano, agguantai un occhio di bue e me ne tornai nella mia stanza.

## *2*

La scuola cominciò a metà settembre. A ottobre mia madre mi squadrava come un documentarista armato di binocolo. Tornavo da scuola e si avvicinava furtiva per annusarmi, mi osservava, mi studiava. Già nel vialetto di ciottoli, dal cancello al portone di casa, cercava i sintomi di un inverosimile contagio. Pidocchi, abrasioni, segni di violenza; non so immaginare cosa pensasse di trovare.

Adesso che papà si era trasferito, mia madre si era sobbarcata sulle spalle il peso della mia educazione, della mia vita. E le sue gracili spalle non potevano certo reggere quel carico pesante.

Mia madre era una donna affascinante e curata d'aspetto, attenta ai dettagli, specie quelli più insignificanti; appassionata di magia, chiromanzia, esoterismo e agghiaccianti mode salutiste, ingurgitava sei pompelmi e altrettante uova ogni giorno, e tanto le bastava per sopravvivere. Ordini del dietologo.

Non tollerava il fumo e il disordine, la trascuratezza in particolare la mandava in bestia. Maniaca della disciplina e dell'eleganza, si preparava e truccava anche per aprire al postino e firmare una raccomandata.

Tutto questo male si confaceva, allora, con la piega che stava prendendo la mia nuova vita di liceale.

A quattordici anni, imbalsamato nelle scarpe da barca e nelle camicie a righe di cotone, diventai la preda preferita di qualunque spietato compagno di scuola. Mi prendevano in giro per il mio abbigliamento, per i miei modi sempre troppo educati. Nella bolgia del bar della scuola, a ricreazione, dovevo aspettare che la massa confluisse all'esterno, perché urlare e aggrapparmi alla schiena dei compagni per arrivare al banco e prendere un panino, proprio non mi riusciva. Ancora meno ero capace di espletare le mie funzioni fisiologiche nel bagno della scuola, davanti a un water senza porta, immerso nella cappa di fumo denso che vi aleggiava eternamente, come la nebbia a Roncobilaccio.

Capii che dovevo cambiare qualcosa, se non volevo rimanere un emarginato.

Così la camicia uscì dai pantaloni, chiesi i soldi a mio padre per le scarpe da ginnastica e il mio vocabolario si arricchì di nuove e gergali espressioni popolari.

La mia vita sociale migliorò. Mia madre cominciò a

storcere il naso e dondolare la testa in segno di diniego, quando tornavo da scuola; come dire: lo sapevo. La scuola pubblica mi stava traviando, era questo il senso. Così, prima di tornare a casa, infilavo nuovamente la camicia nei pantaloni, aggiustavo i capelli modellando la riga da una parte e assumevo il contegno che si confaceva al mio rango.

Lo facevo più che altro per lei, per non addossarle ulteriori preoccupazioni.

Ben presto però persi attenzione per i dettagli; e a mia madre, i dettagli, proprio non sfuggivano.

Il primo duro colpo che sferrai alle certezze di mia madre, che destabilizzò il suo precario equilibrio, coincise con il primo bacio e il primo amore. Non fu tanto la cosa in sé, quanto le inevitabili conseguenze.

M'innamorai follemente di una compagna di scuola, e misteriosamente (non mi spiego ancora il motivo, rivedendomi in una goffa pratica di bacio alla francese) fu un amore corrisposto.

Si chiamava Laura e aveva la mia stessa età. Non frequentavamo la stessa classe, solo la stessa scuola. Era accaduto una mattina di assemblea, nel cortile accanto alla palestra.

La conoscevo, e le nostre classi facevano educazione fisica ogni venerdì alla stessa ora. Non ricordo come accadde, ma quel primo bacio della mia vita fu meraviglioso, come il mese di passeggiate mano nella mano e i pomeriggi a fumare le sigarette nascosti dal mondo, abbracciati a pomiciare sul divano. Mia madre mi spiava e aveva capito tutto. Era rimasta sconvolta dal fatto che avessi iniziato a fumare, cosa che facevo più per pavoneggiarmi che altro, e ancora di più dalla ragazza che faceva palpitare il mio cuore.

«Con tutte le ragazze che ci sono, proprio quella!»

Proprio quella: a mia madre non era mai piaciuta Laura, anche se l'aveva vista solo due volte, una di sfuggita. Conosceva i genitori di Laura, e tanto bastava. Vivevano nella nostra stessa strada ed erano dei piccoli proletari arricchiti con il sudore dei profughi. I profughi, secondo mia madre, passavano dalla schiavitù del regime dittatoriale di origine a quella dettata dal geometra Baffoni, negriero per vocazione. In realtà il signor Baffoni aveva cominciato come manovale trent'anni prima, e adesso aveva una ditta edile che contava una decina di operai extracomunitari.

Però a mia madre piaceva ergersi a paladina degli indifesi, e al semaforo donava sempre cinquanta centesimi al mendicante di turno. Teneva gli spiccioli nel posacenere sotto il cruscotto della Classe A e dispensava la sua elemosina con una teatralità istrionica e contagiosa, stringendo la moneta nella mano dell'accattone tra le sue guantate di velluto.

«Poveretti» sintetizzava al malcapitato passeggero recitando un dolore pletorico.

Papà si era trasferito e viveva nella casa in centro, un grande appartamento al quarto piano di un signorile palazzo in Oltrarno. Anche quello era della mamma. I lavori di ristrutturazione erano appena terminati e l'appartamento era destinato a essere affittato, ma quando mia madre scoprì la tresca di papà, lo relegò in via Maggio senza sentire ragioni.

Esisteva però una versione ufficiale che avevo imparato a memoria, la versione dei fatti per la curiosa «Firenze bene»: mio padre aveva trasferito parte dello studio in via Maggio. Così, se qualcuno lo vedeva entrare e uscire dal portone, la scusa poteva reggere. Fino a quando, almeno, mia madre non avesse stabilito il destino di suo marito. Nessuno doveva sapere la verità, perché i panni sporchi si lavano in famiglia. Ripensandoci, immagino lo sapesse chiunque.

Anche papà aveva provato uno di quei discorsi genitori-figli, per spiegare le sue ragioni, da buon avvocato, per salvare se non la capra, almeno i cavoli.

«Vedi, nella vita di un uomo...»

E non si riferiva solo alla forma, quanto alla sostanza.

«Le persone, invecchiando, diventano la macchietta di se stesse. E tua madre...» aveva continuato.

Mia madre era già abbastanza eccentrica, poteva solo peggiorare.

«Lo capisco» avevo chiosato, e anche papà era stato contento di troncare il discorso.

I miei genitori erano convinti che l'accaduto potesse costituire un destabilizzante trauma per la mia vita. Non era così. Non si amavano, lo avevo capito, e nella mia romantica mente di adolescente, ritenevo sensata la separazione. Poco importava se papà aveva un'altra donna, ancora meno se quindici anni più giovane; era mio padre e aveva diritto all'amore.

Sul momento accettai la cosa senza neanche calcolare

i benefici che ne sarebbero derivati: mio padre si sentiva in colpa, così lo vedevo più spesso di prima e mi riempiva di soldi; mia madre aveva troppi pensieri per starmi dietro, e le sue scatoline di velenosi tranquillanti donavano alla mia vita di liceale un'insolita libertà.

## *3*

Dopo un mese ero perso, innamorato e felice.

Tutto era perfetto, mia madre non era mai a casa e Laura nel pomeriggio arrivava con la cartella. Non facevamo i compiti, passavamo le ore a pomiciare sul divano, ma non mi spinsi mai oltre una mano sulle tette, perché non volevo fare la figura del porco. Certo, pesava la zavorra della verginità, ma avevo una visione romantica dell'amore e dilatata dei tempi.

Forse fu per questo che Laura un pomeriggio di marzo andò a sedersi sulla poltrona, e con lo sguardo rivolto a terra, costernata, disse: « Sono innamorata del Furia di Gavinana ».

Rimasi lì a sentirla con un'espressione ebete e smarrita, aspettando un pizzicotto per svegliarmi. Pensai nell'ordine: non ho capito, è uno scherzo, voglio morire.

Balbettai qualcosa, parole sconnesse e insensate. Lei mi guardava, aspettando una risposta.

« Bene » mi limitai a dire.

Continuò a guardarmi preoccupata, perché non dovevo avere una bella cera.

« Non dici niente? »

«Bene» ripetei.

«Mi dispiace» disse. Agguantò la cartella e la seguii con lo sguardo fino al vialetto di ciottoli.

Rimasi sul divano per ore, intontito, cercando di realizzare l'accaduto; fino a quando non tornò mia madre. Non le dissi niente. Non avrebbe compreso il mio struggimento, se ne sarebbe compiaciuta. Avrebbe espresso il suo malefico giudizio alzando leggermente il labbro superiore con espressione schifata: suo figlio che si tormenta per quella sgualdrina!

Andai a chiudermi in camera, solo con il mio dolore e un pacchetto a metà di Marlboro Lights.

Non era possibile, ero stato lasciato per *il Furia*!

Il Furia era un truce teppista adolescente, famoso in tutta la zona per le sue bravate. Aveva i capelli neri tirati su con il gel, perfetti, scolpiti nel granito; era alto, grosso e pugile. Il viso magro e spigoloso e lo sguardo penetrante. Viaggiava senza casco su uno Scarabeo con la marmitta Giannelli Reverse roboante, e raccontava anche aneddoti roboanti, nei quali spaccava la faccia a sconosciuti per questioni di sguardi.

Non lo conoscevo, personalmente almeno, ma la sua fama era arrivata anche nelle esclusive colline che circondano la città. E mi chiedevo come Laura potesse passare da uno sfigato ed elegante ragazzino biondo che tossiva con le Marlboro Lights, a un facinoroso elettricista di periferia che spacciava erba. Il Furia di sicuro aveva tirato fuori il pisello dopo il primo bacio.

«Le donne sono esseri misteriosi» argomentava sempre mio padre.

«Anche la mamma?»

« Soprattutto la mamma, non è mai stata molto normale. »

E quello l'avevo capito, ma ancora mi domandavo come Laura potesse farmi questo.

Non lo confidai neanche a mio padre, sarebbe stato inutile. Perché, iniziavo a capire, la sua visione dell'amore somigliava alla caccia alla volpe.

La migliore amica di Laura, che all'occorrenza, dopo essere stato piantato, era diventata anche la mia migliore amica, espose una sua personalissima teoria riguardo all'accaduto: ero troppo appiccicoso. Ero innamorato, e se una ragazza non prova gli stessi sentimenti, lo definisce appiccicoso.

E il Furia certo non doveva essere un tipo appiccicoso, il Furia non le aveva regalato dopo una settimana il peluche a forma di « cuore con le braccia » dell'Ikea.

Avevo molto da imparare, ma ero deciso a riconquistare Laura.

Il primo passo fu il parrucchiere.

« Rasati ai lati e più lunghi sopra » dissi.

« Sfumati? » chiese.

« No » risposi senza capire.

Uscii dal negozio che sembravo un soldato del Terzo Reich.

Comprai i jeans strappati che andavano di moda e alcune felpe attillate come quelle che avevo visto agli amici del Furia. Valutai l'idea del piercing al sopracciglio, ma mia madre non avrebbe retto lo shock. Abbandonai anche le Marlboro Lights per quelle rosse.

Impiastricciai i capelli con il gel e mi guardai allo specchio, provando espressioni da duro e un paio di combinazioni da pugile. Destro sinistro al volto, uppercut. Ero ridicolo.

Sembravo uno di quelli che la domenica va in trasferta con la mazza da baseball nel bagagliaio.

Mia madre impallidì quando vide il mio nuovo taglio.

« Ommioddio » disse. « Sembri malato » aggiunse.

E lo sembravo davvero: pallido, con gli occhi rossi e lo sguardo assente.

Anche a scuola la mia nuova immagine di duro non trovò riscontro positivo. Dopotutto ero il solito coglione, solo vestito da duro. Mi presero in giro, come sempre. Me ne fregavo, volevo rivedere Laura.

Il mio desiderio fu esaudito a ricreazione, e all'improvviso me la ritrovai davanti sulla porta del bar. Le articolazioni divennero molli come un budino. Stavo in piedi per miracolo, con la bocca aperta e lo sguardo fisso.

Mi squadrò per un momento, e non riuscì a trattenere un sorriso di scherno.

« Ma che hai fatto? »

Rimasi immobile, in silenzio, avevo perso ogni facoltà linguistica e motoria. Laura era più bella che mai, e mi sembrava così strano non poterla abbracciare, la sentivo distante ed era tutto così ridicolo... Soprattutto io, paralizzato davanti all'entrata del bar.

Non dovevo piangere, sarebbe stato un suicidio sociale. Fortunatamente il telefono di Laura cominciò a squillare. Si voltò e mi lasciò lì, accennando un saluto con la testa.

Ritrovai le energie per andare a nascondermi in classe, e là rimasi fino all'uscita.

Tornai a casa stravolto, sfogai tutte le mie lacrime in motorino e mi chiusi in camera senza mangiare.

«Ho fatto lo sformato di zucca» cercò di tentarmi mia madre oltre la porta della mia stanza.

«Mi fa schifo!» replicai deciso.

Mia madre non si capacitò di quella risposta, rimase dietro la porta, ma alla fine si arrese. Andava fiera del suo sformato di zucca, e lo mangiavo sempre per farla contenta, ma sapeva di plastica. Pensava che fossi realmente diventato matto. E forse ero sulla buona strada.

Compresi quel pomeriggio il significato delle parole «calo di tensione».

Ancora non avevo compreso, fino a quel momento era stato un sogno, un incubo. Forse lo shock, probabilmente avevo sottovalutato le conseguenze del caso, solo adesso capivo che la parola «lancinante», accanto a «dolore», non è una metafora.

Le farfalle che volteggiano nel ventre degli innamorati erano diventate spietati roditori.

Decisi quella sera che non avrei mai più messo piede a scuola.

Non potevo certo comunicare la decisione a mia madre; avevo bisogno di un piano, e per il momento, per i giorni a seguire, mi limitai a fingermi malato.

Truccavo il termometro sfregandolo contro il palmo della mano, e la temperatura del mio corpo si aggirava sui trentotto gradi. Deambulavo per casa con gli occhi rossi e un'espressione smarrita, ingurgitavo gli intrugli omeopatici che mia madre si faceva preparare e rimanevo a letto a crogiolarmi nel mio dolore.

E sarebbe falso sostenere che non fossi realmente malato. Una malattia che non c'è sui manuali di medicina, ma è riconosciuta in tutto il mondo come una delle peggiori forme di « alterazione degli organi e delle funzioni di un organismo, motivo di grave o continuo turbamento ».

Rimanevo per ore alla finestra a osservare la strada, bagnando di lacrime la notte. Dialogavo con la luna e le stelle, a volte anche da solo, costruendo immaginarie e meravigliose conversazioni con *lei*. La mia mente non aveva la forza per distogliere il pensiero dall'unico argomento degno di considerazione.

Stavo male, soffrivo di una grave forma di « delusione amorosa ».

Lo sentivo, il dolore aveva una struttura, era una sostanza che pulsava nelle vene. Piangevo, ma lo strazio non colava insieme alle lacrime, si nascondeva, si annidava in fondo alle articolazioni, nelle dita, e le stringevo più forte che potevo, fino a sentire le unghie nella carne. Strizzavo gli occhi e cercavo di espellere quel male tremendo, stringevo i denti e il ventre, come uno stitico sulla tazza del cesso. Ma non usciva niente, quel male oscuro rimaneva all'interno.

Pensavo di essere un limone, che spremuto nella morsa della mano, trabocca il suo succo acido. Invece ero una noce.

Il mio stomaco ospitava un verme carnivoro e le mie budella si contorcevano a ogni spasimo del mio cuore.

Implodevo di dolore.

In preda a una lucida forza oscura, la seconda notte di agonia mi spogliai davanti allo specchio. Il mio corpo nudo ospitava quel dolore, traboccava quel dolore. Lo guardai a lungo, tendevo i muscoli e aspettavo solo di esplodere.

Scesi in cucina e prelevai dal cassetto della credenza il coltello per disossare la carne. Tornai in camera e cercai di estirpare il mio tormento.

La lama d'acciaio era fredda come la notte, ma bruciava come il sole a contatto con la pelle. Bruciava di paura. Appoggiai sul braccio la punta del coltello, e dopo una leggera pressione, la lama si macchiò di sangue. Era fiele che sgorgava rapido scivolando sulla pelle. Anche il coltello scivolava leggero, aprendo una ferita che pompava veleno.

Operai il primo taglio sul braccio sinistro, tra il gomito e la spalla. Il sangue adesso gocciolava copiosamente. Non mi preoccupai del sangue.

Operai il secondo taglio sullo stesso braccio, più vicino alla spalla. Lentamente il dolore andava esaurendosi, come le mie forze.

Dopo il terzo taglio mi sentivo appagato, era una liberazione, come un sospiro di sollievo. Era il veleno che usciva dal mio corpo, era il dolore che perdeva vigore e mi abbandonava, lasciandomi sfinito.

Nascosi la spada e mi addormentai, finalmente.

La mattina dopo, quando aprii gli occhi, credevo di essere morto. Le lenzuola erano completamente macchiate di sangue, potevo anche sentirne l'odore. Accanto al mio letto, sulla porta, mia madre accasciata al suolo, morta anche lei. Ero confuso, intorpidito.

Palpai con la punta delle dita il braccio sinistro e ritrovai le ferite. Come in un sogno, mi ricordai di quel corpo esanime accanto al letto, disteso a terra senza vita. Mi voltai di scatto e riconobbi mia madre.

Cosa avevo fatto?

Mi alzai a fatica, sollevai il corpo di mia madre e mi parve tremendamente minuto, leggero. Il peso dell'anima che era scomparso. La sistemai sulla sedia accanto alla scrivania e le accarezzai una guancia.

Lentamente aprì gli occhi e rinvenne.

Mia madre era entrata nella stanza per svegliarmi e non aveva retto davanti a quell'atroce spettacolo. Era svenuta senza un grido e senza un lamento.

Non fu semplice spiegarle l'accaduto, e per la verità, non era facile neanche spiegarlo a me stesso. Ma forse non c'era molto da spiegare. Era solo una stupida alternativa al dolore, qualcosa di prepotente che riuscisse a distogliere la mia attenzione.

Mi limitai a blaterare che era solo un taglio accidentale, un incidente della notte, mentre andavo in bagno nel buio del corridoio, che non pensavo fosse così profondo, che mi ero addormentato senza medicarmi...

Non poteva credermi e neanche fece finta.

Lavai il coltello di nascosto e lo rimisi a posto. Rimasi altri due giorni a casa, fino a quando le ferite non si cicatrizzarono. Anche la febbre, magicamente, scomparve.

Mia madre intanto telefonò a mio padre. Ascoltai la conversazione origliando dietro la porta della cucina.

«Dei tagli sulle braccia, capisci?»

«La stanza piena di sangue...»

«Ma quale incidente!»

Mia madre voleva convincere papà della gravità della situazione.

Mio padre non credeva alle parole della mamma, e cercava di sminuire le circostanze. Pensava che mia madre volesse attirare l'attenzione, perché non aveva digerito lo smacco, perché si sentiva sola e disperata. Era comprensibile, certo, ma lui aveva troppo lavoro per occuparsi di queste minchiate.

Così disse: minchiate, riferendosi alle preoccupazioni della mamma.

Ed era vero che mia madre faceva di tutto per richiamare la sua attenzione, che inventava fantascientifici problemi per attirarlo a casa, o anche solo per elemosinare mezz'ora di un'improbabile conversazione telefonica; conversazioni che papà gestiva nel suo ufficio con il vivavoce, cancellando ogni accenno di intima complicità dagli inopportuni tentativi di sua moglie.

Erano passati solo due mesi, e papà aveva una propria vita, un lavoro e una compagna. E probabilmente da molto tempo, non da due mesi.

Mia madre invece era rimasta nel purgatorio, sospesa tra la vendetta e il perdono. Aveva creduto di poter gestire la situazione, voleva far pagare la scappatella a mio padre, ma sapeva dal principio che lo avrebbe perdonato; aspettava solo di vederlo strisciare ai suoi piedi. Pensava di avere il coltello dalla parte del manico, quello stesso coltello macchiato di sangue che riposava nel cassetto della credenza. Invece aveva perso il controllo. Era sola, e all'improvviso se ne rese conto.

## *4*

Il lunedì seguente tornai a scuola.

I tagli si erano cicatrizzati, e giurai a me stesso che sarebbe stata la prima e l'ultima volta.

La ferita di mia madre, invece, era ancora aperta. Era uno squarcio nell'anima, attraverso il quale, attraverso i suoi occhi, potevo vedere la disperazione che le ardeva dentro. E non era un camino, era un rogo.

Mia madre non era avvezza alla comunicazione. Non le riusciva, la sua educazione aristocratica non contemplava il dialogo. Così non mi chiese mai di quei tagli, di quel sangue sulle lenzuola, si limitò a fingere che non fosse mai accaduto, infilando il problema in lavatrice, ostentando una pietosa tranquillità quando nei giorni seguenti ci incrociavamo per casa.

Si sentiva in colpa, lo sapevo, e avrei voluto dirle che non era colpa sua, che non era per lei o per mio padre. Era per me, perché mi sentivo inadeguato.

Non trovai il coraggio di dirlo, come non trovai il coraggio di comunicarle, ancora, che non volevo più andare a scuola. Non avrebbe capito, non poteva capire.

La seconda strategia per evitare di presentarmi a scuola fu più semplice della prima: non entravo e imitavo la firma di mia madre sulle giustificazioni. Non era difficile, bastava farla al contrario. Mettevo piede in classe un giorno ogni quattro, per evitare di dover consegnare il certificato medico. Quei pochi giorni che ero a scuola, stavo attento a non incrociare Laura per i corridoi. A ricreazione scendevo nel cortile e mi tenevo a debita distanza.

Mi rinchiusi in un mutismo assurdo e ingiustificato, così i compagni di classe cominciarono a trattarmi come sospetto, i professori come un mentecatto.

Non poteva andare avanti a lungo, lo sapevo, ma non avevo scelta.

Almeno fino a quando, un maledetto giovedì di aprile, non accadde l'irreparabile.

Avevo passato le ultime mattine tra la sala giochi di via Nazionale e i giardini di piazza Indipendenza, non potevo sapere che quel giorno era in programma la gita al giardino zoologico. Sfortuna volle che alla nostra classe si sarebbe unita anche quella di Laura.

Alla fine della seconda ora, quando suonò la campanella, rimasi sorpreso nel vedere i miei compagni infilare i giubbotti e uscire dalla porta in massa. Chiesi spiegazioni, qualcuno mi prese anche per il culo, intuendo il dramma che si stava consumando.

Tentai una sguaiata e inutile rimostranza, ma quando capii che ero spacciato, cominciai a correre. Scappai da scuola correndo come un pazzo, superando il professore di biologia che avrebbe dovuto accompagnare la gita, schivando un timido placcaggio del bidello.

Quella fu la goccia famosa nel vaso già pieno.

Immaginavo che la scuola non avesse gradito le molteplici assenze, ancora meno la fuga del mattino, ma il giorno dopo avrei trovato una scusa e spiegato il fatto, scusandomi e assicurando che non sarebbe mai più accaduto.

La preside fu più lesta e chiamò mia madre, che senza chiedere spiegazioni andò incontro alle sue responsabilità. Mia madre non chiedeva mai spiegazioni.

Le si aprì un mondo, forse solo uno spiraglio, attraverso il quale vedeva ora la mia stravaganza, le assenze, i ritardi e i comportamenti bizzarri di cui mi ero reso protagonista.

La preside non lesinò niente in quell'ora di colloquio: ventidue giorni di assenza negli ultimi due mesi, un inspiegabile tracollo del mio rendimento scolastico e una fuga ingiustificata alle dieci e trenta di un anonimo giovedì di aprile.

Il pomeriggio stesso mia mamma decise che era arrivato il momento di interpretare il suo ruolo di madre moderna. Preparò il tè e il solito vassoio di pasticceria secca, mi chiamò dal salotto e la trovai rigida come un fusto sulla punta del divano.

«Signorino, noi due dobbiamo parlare» esordì con la tazza fumante tra le mani.

«Di cosa?» Ostentai indifferenza.

«Lo sai che mi ha convocato la preside?»

«Sì.»

«E come lo sai?»

«Vivo qui.»

«E ti sembra normale?»

«Cosa?»

«Hai falsificato la firma di tua madre!»

È scema, pensai.

«È un reato, fattelo spiegare da tuo padre.» E aggiunse: «Sempre che ne abbia il tempo».

«Scusa mamma.»

«E tutti quei giorni di assenza...»

Momento di silenzio.

«Voglio lasciare la scuola» sparai a bruciapelo.

Avevo ponderato moderatamente la decisione, ma avevo sedici anni e non poteva obbligarmi ad andare a scuola. E non ce la facevo proprio a vedere Laura che girava per i corridoi e la gente che mi prendeva per il culo. Stavo male, e mi sembrava un motivo sufficiente.

Mia madre reagì con moderata compostezza, senza urlare. Si limitò a svenire, squagliandosi come plastica al fuoco, rovesciando la tazza di tè sul tappeto.

Per quella speciale occasione, mio padre trovò il tempo di cenare con la sua famiglia.

«Non se ne parla nemmeno» sentenziò.

«Non voglio più andare a scuola.»

«Tu vai a scuola, fine della discussione.»

E non era stata molto democratica come discussione, e non avevo fornito e non mi erano state domandate spiegazioni.

Mia madre intanto era rinvenuta ma, con un brodino vegetale e i capelli in disordine, era rimasta in silenzio, amplificando un senso di colpa che sentivo crescere smisuratamente, ingigantendo un malessere che mirava a catturare la nostra attenzione.

Dopo cena trangugiò qualche pillola delle sue, fissandomi con gli occhi sbarrati. Mi ritirai nella mia stanza, con il mio senso di colpa e il mio dolore.

Papà era rimasto a parlare con la mamma, e per puro masochismo origliai tutta la conversazione, nascosto dietro la porta del salotto. La mamma aveva cominciato a pontificare sul mio rendimento scolastico.

«Lo sapevo che alla scuola pubblica non sarebbe stato seguito abbastanza.»

Papà si limitava ad annuire sorseggiando cognac.

«E questa storia della separazione... Pietro ne soffre sai, ha perso la testa!»

Papà non disse una parola.

«Sono seriamente preoccupata» continuò mia madre dirigendosi in cucina, «e quella storia dei tagli...»

Tornò in salotto e cambiò discorso, passò al contrattacco con una strategia ben precisa.

«Forse è troppo grande quell'appartamento per te» disse, ma papà sapeva dove voleva arrivare sua moglie.

«E la vedi ancora quella ragazzina?»

Papà era un avvocato, mica un santo, e avrebbe negato anche l'evidenza. Infatti vuotò il bicchiere e si alzò simulando un numero imprecisato di sbadigli, senza reagire alle provocazioni.

«Vado, è tardi» furono le sue uniche parole.

Prima di andarsene mi chiamò dal salotto. Arrivai in un attimo. Mi abbracciò e aspettò che la mamma tornasse in cucina.

«Tienila d'occhio» disse, picchiettandosi la tempia con l'indice della mano destra.

Salutai mio padre e feci finta ancora una volta di

andare nella mia stanza, ma rimasi nascosto dietro la porta del salotto.

Tienila d'occhio, mi ripetevo, tienila d'occhio.

Vidi mia madre piangere con la faccia tra le mani, ingurgitare pillole da un blister arancione e singhiozzare in silenzio tirando su con il naso.

Piansi anche io, dietro la porta del salotto, per le scale e su fino alla mia stanza. Piansi ancora, davanti allo specchio, con il trincetto di educazione tecnica in una mano e un fazzoletto nell'altra.

## *5*

Mia madre non sapeva come affrontare suo marito, ancora meno suo figlio. Mio padre era un avversario scaltro, e forse aveva calcolato tutto. Si era fatto beccare apposta dalla mamma, perché voleva cambiare vita. E mia madre, ingenua, pensava: scacco al re. Invece era un piano perfetto: non era andato via di casa, era stato cacciato. Scacco matto.

Mia madre voleva che tornasse, ma ormai era troppo tardi, la partita era finita.

Con me, mosse subito l'alfiere. Forse aveva imparato la lezione.

Decise che mi avrebbe accompagnato a scuola ogni mattina. Avrebbe telefonato in segreteria, anche, ogni mattina, per accertarsi che fossi in classe. Così il bidello bussava puntuale alla seconda ora e riferiva della mia presenza. Era umiliante.

Avevo concentrato tutti i miei problemi su Laura, ma forse era solo il capro espiatorio di una situazione che non riuscivo a comprendere. Pensieri che si mischiavano nella mia testa senza una forma definita. Pensieri densi che otturavano la mente.

Mi sentivo come una bestia rinchiusa. Era come portare un gatto in classe e costringerlo a rimanerci per cinque ore. Panico, ansia, paura e sospetto. Così mi sentivo in quella stanza con la lavagna, venticinque stupidi coetanei e un professore che disquisiva di equazioni o rivoluzione francese. Guardavo il trincetto nell'astuccio e agognavo il mio sangue.

Dispensavo sorrisi ebeti e cercavo di stare al gioco, ma sotto la maschera ero confuso e impaurito. Sotto la maglietta portavo i segni di quell'inquietudine.

Dovevo resistere.

La seconda mossa di mia madre, dopo l'alfiere, fu la torre. Una strategia aggressiva ma pericolosa.

La torre era la sua compagna di burraco, la dottoressa Farabollini, professione psicologa. Non sapevo cosa mia madre avesse raccontato alla dottoressa, perché la riservatezza è sempre stata un valore assoluto nella mia famiglia, e sono convinto che mia madre avesse edulcorato la faccenda, omettendo buona parte dei problemi di quei mesi travagliati.

La decisione era stata presa dopo il colloquio con la preside.

« Questo comportamento non è ammissibile » aveva esordito mia madre.

« Voglio solo essere lasciato in pace » mi ero difeso.

« Se la tua scuola non riesce a seguirti abbastanza... »

E neanche mia madre riusciva a seguirmi. Così aveva addossato la colpa alla scuola, perché un colpevole c'è sempre, e non è mai tra noi.

« Ogni lunedì andrai da Elena. »

Mia madre aveva già deciso, e aveva un'idea distorta della psicologia. Mi limitai ad annuire, sarebbe stato inutile controbattere. Aspettavo solo di vedere la signora Farabollini, perché se era la compagna di burraco di mia madre, non poteva essere altro che una stupida signora ingioiellata con la faccia da corvo. Erano tutte così, le amiche di mia madre.

Mi infilai nella Classe A e non dissi una parola per tutto il tragitto. Mia madre guidava nel traffico dispensando colpi di clacson e perfide invettive, arrogandosi precedenze inesistenti e muovendo la testa a scatti come una gallina.

Quando parcheggiammo in piazza Savonarola, tirò il freno a mano e mi guardò fisso negli occhi. Significava: non farmi fare (altre) figure di merda. Arrivammo al portone e dopo due rampe di scale trovammo ad attenderci una signora di cinquant'anni, bella come una diva del cinema. I lunghi e voluminosi capelli biondi le coprivano le spalle, il suo sorriso avrebbe ammansito anche il peggior farabutto del mondo. Portava un maglione di cotone a collo alto color smeraldo e un paio di pantaloni cachi che andavano a infilarsi negli stivali di pelle.

Era più bella di mia madre, e non so perché pensai questo.

Presentazioni e qualche battuta di circostanza, poi

mia madre mi mollò alla dottoressa dicendo che sarebbe tornata dopo un'ora esatta. Suonò come una minaccia.

La dottoressa Farabollini era una donna gentile, senza però quell'eccessiva e odiosa premura di chi vuole per forza apparire simpatico dal primo minuto. Mi piaceva, mi fidavo già. E la fiducia è importante in questo genere di cose, mia madre me lo aveva ripetuto fino alla nausea, sottolineando che – Elena – era un'impareggiabile e fidata partner di gioco.

La seguii in una stanza quadrata con una grande finestra di fronte alla porta. Sulla sinistra c'era la scrivania e dietro e accanto, ad angolo, un'enorme libreria di legno zeppa di volumi e fotografie in bianco e nero.

Mi accomodai sulla poltrona e lei si sedette alla mia destra, su una sedia.

L'idea della psicologa mi rendeva nervoso, mi sentivo come una bestia allo zoo, ma la dottoressa riuscì a mettermi a mio agio senza troppe moine, bastarono uno sguardo e un sorriso.

Adesso mi vergognavo di aver combinato tanti casini, di aver fatto cose così stupide. E non potevo raccontare all'incantevole e materna signora Farabollini tutta la verità, perché avrei fatto proprio la figura del coglione. Sentivo i tagli sulle braccia e sul petto, bruciavano come appena incisi. Mi sentivo bene in quella stanza quadrata e luminosa, con quella signora così bella che aveva una voce delicata e pulita.

I miei genitori mi avevano sempre insegnato che i panni sporchi si lavano in famiglia, che ciò che succede entro le mura domestiche non deve uscire. Come avrei potuto spiegare alla signora Farabollini, nonché compagna di burraco di mia madre, cosa veramente pensavo della mia famiglia? Mia madre era stata chiara: niente figure di merda. Seguii le istruzioni alla lettera, inventando risposte poco credibili che la psicologa ascoltava con un sorriso malizioso sulle labbra; come dire: mi prendi per il culo?

Non mi sentivo così bene da molto tempo, a mio agio, e non volevo rovinare quel momento rigurgitando le mie preoccupazioni. E mi vergognavo, avrei preferito morire che spogliarmi per mostrare i tagli sul mio corpo. Bramavo amore, non volevo essere considerato un malato di mente.

Vergogna e infamia: per quello che avevo fatto, perché in quel momento mi sentivo come mia madre, incapace di essere sincero.

Quando mia madre tornò a prendermi, l'ora di analisi era terminata. Saluti e baci e rimontammo sulla Classe A. Per la strada di casa, mia madre alzò il finestrino quando un lavavetri si accostò allo sportello.

## *6*

Un mese dopo la situazione precipitò.

Mia madre aveva stravolto la sua idea della signora Farabollini, e dopo la prima seduta, smisi di andarci. Aveva litigato con la sua compagna di burraco, non so se per causa mia o per incomprensioni legate al gioco. Plausibili entrambe, mia madre in quel periodo era nervosa, tesa come un arco, e scagliava frecciate velenose contro chiunque si fosse frapposto tra lei e le sue strampalate convinzioni.

Mio padre intanto aveva preso in affitto un meraviglioso appartamento nella nostra stessa strada, così potevamo vederci più spesso. Aveva abbandonato quello della mamma e ormai riuscivano a comunicare solo tramite i rispettivi avvocati. Purtroppo anche la « sgualdrina bionda », così la chiamava mia madre, andò a vivere con papà.

Mia madre lo scoprì dopo un po' di tempo, nonostante avessimo adottato tutte le precauzioni del caso. La notizia le arrivò all'orecchio attraverso i maligni pettegolezzi dei suoi circoli elitari. Forse fu proprio la dottoressa Farabollini ad affrontare l'argomento.

Ricordo il giorno in cui lo venne a sapere.

Mia madre non faceva mai domande dirette, girava intorno alla questione per ore, anche per giorni. Si credeva più furba di tutti, e mi rivolse vaghe domande circa il nuovo appartamento di papà.

Era un appartamento grande e luminoso, con una meravigliosa terrazza che dominava la città. Aveva anche la vasca da bagno con l'idromassaggio. Ma non dissi niente di tutto ciò, cercai di mantenere la conversazione sul vago.

Mia madre voleva arrivare al nocciolo della questione, e sarebbe stato così semplice chiedermi: tuo padre convive con quella ragazza? Perché le voci di corridoio, tra una mano e l'altra di burraco, non erano attendibili quanto suo figlio.

Ma non lo fece, le domande dirette non erano per lei, lei se ne fregava, doveva dimostrarsi più forte di tutto. E la cosa mi faceva arrabbiare, così non le dissi niente. Come negli scacchi, attuai una strategia speculare alla sua, e alle domande vaghe, otteneva risposte vaghe.

Non saprei dire se avesse assunto un detective o ne avesse solo indossato i panni, ma il giorno che trovai una foto della « sgualdrina bionda » sul cassettone della sua stanza, la situazione precipitò. Adesso ne era certa, non poteva lavorare di fantasia, ma il suo cervello non riusciva ad accettare la cosa.

Il trauma fu troppo grande, mia madre ebbe un grave esaurimento nervoso e fu ricoverata in una clinica privata poco distante da Careggi.

Mi trasferii a casa di papà e conobbi « la sgualdrina bionda ». Era una ragazza giovane e appariscente, sui trent'anni, forse meno. Si chiamava Eleonora, era vestita sempre in modo elegante e usava un linguaggio ricercato. Cercava di essere gentile, adottava premure esagerate nei miei riguardi, e non sopportavo la cosa. Mio padre credeva che si trattasse di un rifiuto, per non sostituire la figura di mia madre con Eleonora. Non era per questo; quella era la nuova fidanzata di papà, mica mia madre. Anche anagraficamente, non avrebbe potuto.

Non mi piaceva perché indossava una maschera, perché aveva già preso le redini della nuova casa di papà, e nei suoi modi gentili, nella cautela con cui sceglieva e pesava ogni parola, rivedevo mia madre.

Eleonora era spiccicata a mia madre, solo più giovane.

Andavo a trovare mia madre ogni giorno, e quando tornavo a casa, papà e Eleonora mi chiedevano notizie. Mi faceva schifo sentire la voce di Eleonora che chiamava mia madre « la mamma ».

E non volevo raccontare che *la mamma* se ne stava seduta sul letto o sulle panchine in giardino tutto il giorno, con gli occhi sgranati, floscia come un cencio, stanca, con due grandi occhiaie e un'espressione smarrita. Raccontavo che stava bene, che si vestiva e truccava come se non fosse in ospedale, ma al circolo a giocare a burraco. E anche se la clinica aveva le sembianze di un hotel, gli ospiti sapevano che era un ospedale.

Quando andavo in clinica a trovarla, le portavo sempre un fiore del nostro giardino, uno diverso ogni giorno, e lei lo guardava per un attimo come se fosse la cosa più bella e stramba del mondo, a bocca aperta, poi lo dimenticava accanto a sé. Le raccontavo della scuola, che avevo preso buoni voti e tutto era rientrato nella normalità, ma era una bugia, perché a scuola avevo smesso di andarci, e rimanevo a casa di papà fino al pomeriggio, tanto non c'era nessuno.

Tre settimane dopo mia madre fu dimessa e tornò a casa, ma non era la stessa di prima. Tornai a vivere con lei nel nostro castello, fui contento di lasciare papà ed Eleonora, perché mi ero sentito un intruso, perché ero stato vittima delle eccessive premure che si riservano soltanto agli ospiti.

La situazione non migliorò. Uscivo ogni mattina e fingevo di andare a scuola, lei era troppo occupata per controllare cosa facessi. Mi sentivo in colpa, ma cinque ore di clausura erano un supplizio troppo grande. Mia madre non se ne accorse, non si accorgeva di niente ormai, e se i primi giorni sembrò stare meglio, dopo una settimana non si alzava più, non nascondeva i segni del pianto con il trucco, non mangiava neanche.

Piombò in una feroce depressione che nel giro di poche settimane la distrusse completamente.

Fu ricoverata un'altra volta, questa per sempre. Perché nella nuova clinica, dopo poche settimane, si tolse la vita.

## 7

Sono passati dieci anni, forse qualcuno di più.

Mio padre ha pagato il liceo privato dai preti, ed è lì che mi sono diplomato, come avrebbe voluto la mamma. Gli anni dell'università sono stati i più felici della mia vita.

Adesso ho imparato a fare il nodo alla cravatta, adesso ho la mia stanza nello studio di papà, quella piccola accanto alla sua. Ricevo i nostri clienti e ho imparato a gonfiare le notule.

Papà vive nella grande casa di Fiesole insieme a Eleonora, ma non si è risposato, mica è scemo.

Mia madre mi ha lasciato qualche ricordo e altrettanti appartamenti; abito uno di questi, arredato con pomposi mobili dell'Ottocento. Non mi piace, ma così mi sembra di averla sempre vicino.

Vado spesso a trovarla al cimitero. Ogni settimana, da quando non c'è più, vado a trovarla e le racconto la mia vita. Parliamo di tutto, come non abbiamo mai fatto. Ogni volta che varco la soglia della cappella di famiglia, penso che dovrei allestire la lapide con due tazze fumanti di tè e un vassoio di pasticceria secca.

Le parlo anche di papà, perché sono sicuro che lo ama ancora, ma ometto sempre di nominare «la sgualdrina bionda», per non darle un ulteriore dispiacere.

Le ho raccontato di Laura, perché un po' di tempo fa l'ho rivista. Passeggiava per le strade del centro spingendo una carrozzina. Un bambino dai capelli corvini dormiva tranquillo. Accanto a lei suo marito procedeva taciturno con la testa incassata nelle spalle e le mani infilate nelle tasche del piumino lucido. Ci siamo incrociati, è stata lei a fermarmi ed era così contenta di rivedermi dopo tanti anni... Anche suo marito era contento di rivedermi, ha abbozzato un sorriso, ma è rimasto in silenzio per tutto il tempo della conversazione, quasi intimorito dall'avvocato in abito scuro che procedeva spedito verso il tribunale. Forse sono stato un po' stronzo, e ho raccontato del mio nuovo appartamento troppo grande e delle vacanze in barca che avevo in programma. Forse potevo risparmiarmelo, ma da troppo tempo aspettavo la mia rivincita sul Furia.

L'ho raccontato a mia madre, le racconto tutto, e sono sicuro di averle strappato un sorriso. Adesso la regina sarebbe fiera del suo principe biondo con gli occhi a palla.

C'è solo una cosa, ancora, che non ho il coraggio di dirle.

La notte è nera come il fondo dell'oceano. Il cielo scarica lampi che a intermittenza rompono l'oscurità, ma non si ode il fragore dei tuoni.

Al primo piano di un meraviglioso castello c'è un

bambino in fondo al corridoio, davanti a una porta di legno chiusa a chiave. Batte con i pugni sulla porta e grida disperato tra i singhiozzi.

Dall'altra parte della porta c'è una madre, seduta su una vecchia sedia di paglia. Dà le spalle alla porta e chiama suo figlio. È quasi un bisbiglio, come un urlo avvilito, scoraggiato, senza voce.

Il bambino continua a piangere e chiama la madre, scalcia contro la porta, ma è inutile.

Si volta, percorre tutto il corridoio, un andito lunghissimo, si precipita per le scale e arriva in un grande soggiorno pieno di mobili antichi.

In un angolo illuminato dal tenue bagliore di una vecchia lampada, sprofondato in una gigantesca poltrona, suo padre rotea un panciuto bicchiere da cognac.

Il bambino spiega la faccenda a suo padre, ma non riesce a smettere di piangere, i singhiozzi divorano le parole. Suo padre all'inizio non capisce, poi si volta e dice pacatamente: « Tua madre non è mai stata molto normale ».

Questo sogno mi tormenta da dieci anni, quasi ogni notte. E quasi ogni giorno, quando mi sveglio, credo di impazzire. Allora scappo in bagno, davanti allo specchio. Come un soldato impugno l'arma, e con la lama del rasoio svolgo il mio dovere.

DIEGO DE SILVA

# *Come te*

L'ultima volta che siamo stati a letto insieme non pensavo a lei. Che invece mi voleva come sempre. Ero sopra, le mani sul cuscino, non la toccavo, lasciavo che fosse lei a muoversi. Faceva tenaglia con le gambe. Deformava la faccia continuamente. Mi teneva e mi scacciava. Diventava odore con me. Pensavo, quando i seni mi colpivano le labbra e un momento dopo mi chiedevano dolcezza, a quanto un corpo voglia fare uso di sé, una volta che decide di concedersi. Al rancore con cui si scaglia sulla compostezza in cui è costretto a vivere.

Sandra è un'amante generosa, non potrei mai approfittarmi di lei. Ho fatto come voleva. Quando mi ha lasciato andare le ho affondato la testa nel collo e sono rimasto immobile finché ho sentito il suo respiro trattenuto, che era richiesta di distacco da me, necessità di stabilire il campo della domanda.

Ho aspettato. Non avrei saputo rispondere.

Ha ripreso a respirare. Aveva scelto.

Miriana è bella. Non ha ancora trent'anni ma un aspetto che gliene aggiunge almeno dieci. In faccia le abita una quantità di rughe disposte con la successione della vecchiaia, quasi che quella pelle le fosse capitata per errore, un balordo irreparabile malinteso. Da lei viene un calore familiare, come di malattia. Ha il seno esagerato, però capace di fare desiderio. Gli occhi guariti. Sembrano spinti all'infuori da una vittoria raggiunta con troppa fatica. Fra i capelli, poco sopra l'orecchio sinistro, una contusione, un piccolo fosso, una macchia vuota che non vuol nascondere, anche se da vicino fa un po' senso.

Miriana cammina ma non avanza. Non sa attraversare le cose e soprattutto la gente. Tutto quello che la circonda le è avverso. Ma prova ad avvicinarti. Quelle rughe prendono una luce che non avevi visto prima, infondono non sai che speranza. Comincia a parlare e tu pensi eccoti qui, dove sei stata finora. Poco fa l'avresti voluta sorreggere, adesso guardala mentre si muove. Comanda quel corpo sbagliato con la padronanza leggera di una donna perfettamente sana e consapevole della propria avvenenza. E lui le ubbidisce volentieri, porta i suoi gesti dritto dove gli è stato chiesto. Guardale le mani. Più che gesticolare sembra che tocchi, che faccia il contorno alle parole.

Com'è che quel fosso nei capelli ha smesso di ripugnarti.

Miriana ha un difetto alla gamba, non si sa cos'è, non ne parla. Un po' la trascina, te ne accorgi, ma il tuo sguardo è ancora lì, non si è fatto niente. Lei dice che non è importante, che le dà solo un po' di noia quando cambia il tempo, ma se ci entri in confidenza impari a toccare molto piano l'argomento.

A volte Miriana cade. Ha un male che non avverte, la butta giù e passa. Qualche volta le sembra di sentirlo, forse è la paura che fa da spia, allora fa, come la chiama lei, *la tartaruga*. Si siede per terra, piega le gambe verso il petto, le incatena con le braccia e ingaggia una specie di lotta. Tu non puoi fare niente, tranne aspettare, e difenderla dall'invadenza degli altri. Ma l'impressione che hai di quel nemico invisibile che sembra le giri intorno tentando ogni punto di leva per forzarla, non è di un male ingiusto. Sembra piuttosto qualcuno che conosce, un creditore, una cosa del genere. Ed è come se lei lo sapesse. Come se quello sforzo, quelle contrazioni, quel sudore, quei respiri affaticati e poi distesi, fossero risposte a delle accuse. Come se avesse disertato. E il male fosse uno del branco, che ha il compito di riportarla indietro. La sua sofferenza, il prezzo della scelta di non tornare alla comunità che la rivuole, finché riesce a restare.

Quando si lascia aiutare a rialzarsi vuol dire che è finita. È stanca, ha freddo, ha poca voce, ma soprattutto è malinconica. Avvolta in una curiosa nostalgia. Capita pure che si rialzi qualche minuto dopo che s'è rannicchiata e ti rida in faccia. Le romperei il muso quando fa così. Ma questi casi sono l'eccezione. Ogni tanto le scopri un livido.

La prima volta che mi sono trovato con lei quando è caduta non sapevo che fare, come prenderla (tremava forte a intervalli e poi come pesava, era un solo tronco), la gente intorno ci guardava, sembrava in pena ma aveva negli occhi il sollievo di chi sa che non è ancora il suo turno. Allora le ho preso la testa fra le mani, ho premuto un po' per contrastare i brividi e le ho parlato sottovoce per farmi sentire meglio, Miriana ho detto (strano, avrei giurato che avesse cambiato odore), te le ricordi le fiabe sonore, uscivano in edicola ogni settimana col settantotto giri, c'era quella sigla così bella, faceva *Finisce così / questa favola breve se ne va / il disco fa clic / e vedrete fra un po' si fermerà...* ti ricordi Pelle d'asino, Sette in un colpo, Raperonzolo, Vardiello, quello che diceva che piovvero uva passa e fichi secchi quando gli fecero il processo delle monete d'oro, *Non serve l'ombrello / il cappottino rosso la cartella bella / per venire con me / basta un po' di fantasia e di bontà...* Insomma ho continuato così finché lei ha smesso di tremare e ha ripreso colore, l'ho fatta sedere, vuoi bere ho detto, no no non ti preoccupare è passata mi ha risposto, mettimi un fazzoletto davanti alla bocca, dimmi sono caduta, ho sangue, e solo allora che sembrava non ci fosse più pericolo la gente è venuta vicino a chiedere che aveva, non come stava.

Dopo un po' siamo usciti di là (era una banca), volevo portarla all'ospedale, lei mi fa e perché, se c'era una cura a quest'ora ero guarita, e io sono rimasto senza parole, che potevo dire, mi sono sentito tanto fesso, allora mi ha chiesto se prendevamo un gelato bello grosso zuppa inglese e pistacchio.

Al bar mi vergognavo di dire la parola che pensavo e le ho chiesto se le girava ancora la testa se aveva ritrovato calore se si sentiva debole se aveva ancora la nausea, se.

Giusto un momento per ingoiare. Era impegnata col pistacchio. Senza neanche guardarmi.

«Hai visto, no. Svengo.»

Io non so come fa. Entra, esce. Va al cinema. Legge (soprattutto americani). Parte. Si fa degli amici. Ne perde. Mangia spesso fuori. Guida. Ha uomini che la cercano. È continuamente in pericolo, eppure si permette una vita normale. Fossi stato al suo posto, mi sarei chiamato fuori della comunità degli altri. Non che mi sarei comprato la sedia a rotelle. Certo non avrei rinunciato a vivere un po'. Il meno possibile. Ho sempre avuto paura di essere padrone della mia vita.

Con Miriana non puoi parlare come fai con gli altri, perché dopo un poco non ti sente più. Neanch'io che la conosco da mesi ormai, so dire se si tratta di un guasto o di una scelta. Quando smetti di interessarle ti passa sopra con gli occhi, oppure se ne va, come fanno gli animali, che s'incontrano e si dimenticano. Ne ho viste di facce allibite quando lei si allontanava nel bel mezzo di una discussione o poco dopo un incontro.

Chi la conosce si butta un po' di tolleranza in faccia per coprire la soggezione. Chi no, si offende. Ma non riesce a levarle gli occhi di dosso mentre se ne va. Penso che tutti e due la invidino. Io senz'altro.

Miriana non conserva. La malattia le ha regalato questa libertà indecente. Non è come noi, chi più chi meno mettiamo tutti qualcosa da parte. Ha lasciato l'università che le mancavano tre esami (uno complementare) e la tesi («Ho capito che non mi piaceva.» «E te ne sei accorta alla fine?» «Perché, tu non sei stato sposato quattro anni?»). Un parente le aveva trovato un buon posto all'ufficio vendite di un'azienda che ha messo una filiale importante a duecento chilometri da qui. Lei è scappata con la macchina con cui l'aveva accompagnata il padre lo stesso giorno dell'assunzione, e non sa neanche guidare. È da allora che non trova lavoro, ma rimpianti, nessuno («M'ero vista morta.» «E ci credo, duecento chilometri senza aver mai fatto l'autostrada.» «Ma che spiritoso.») Da un giorno all'altro ha rotto con i suoi migliori amici; il bello è che qualcuno lo conosco e mi sembrerebbe impossibile litigarci («Certi permalosi. Si aspettano sempre qualcosa solo perché ti vedono tutti i giorni.»)

Una volta me l'ha fatta perfino al cinema. Il film era iniziato da una ventina di minuti (però me l'avevano detto che il primo tempo era un po' lento); lei si è alzata per andare in bagno e non è più tornata. Se n'era andata a casa (la sera ho telefonato e la sorella mi ha detto che era andata a letto presto). E non è che dopo puoi andare a rimproverarla. Non ti sente. Riprende il rapporto dal punto in cui vuole lei. Ti parla come se non fosse successo niente, non capisci se devi sentirti un cretino o una persona fortunata ad avere incontrato una così.

In un'altra occasione le ho detto che non si trattano le persone col telecomando. Lei prima è rimasta in silenzio, poi si è messa a ridere, ma di brutto, non si fermava più, tanto che ha fatto ridere anche me ed è finita che abbiamo fatto pace.

*

Quelli che la conoscono da anni le danno della pazza. Oddio, non è che dicano proprio così. Parlano di « problemi », « difficoltà ». Tirano il sorriso, sollevano le sopracciglia. Sono sensibili.

C'è uno che mi hanno presentato qualche tempo fa al bar del tribunale. Qualcuno ha tirato fuori il nome di Miriana, e come quello l'ha sentito si è messo a spiegare. Abitava nel mio palazzo, ha detto un po' sottovoce, uuh quante ne abbiamo passate. Il nonno, *il nonno* dico, faceva lo scivolo per il corrimano delle scale. Non ci si può far niente, ha finito stringendosi nelle spalle, è una cosa di famiglia.

Miriana qualche tempo fa s'è confidata. Mi ha detto che aveva conosciuto uno che le piaceva veramente, che erano almeno tre anni che non le succedeva una cosa così. E che avrà mai fatto per convincerti, le ho chiesto. Allora lei si è illuminata, ma illuminata proprio, come le zucche di Linus, nemmeno le avessero acceso una candela nella testa, vuol portarmi a ballare ha detto, a ballare diceva, con la voce di chi non ha aspettato per niente, e si prendeva a schiaffi la gamba. Io prima mi sono sentito un po' in colpa, poi sono stato contento per lei e le ho detto che mi avrebbe fatto piacere conoscerlo.

Una sera sono rimasto a piedi in litoranea. Da un momento all'altro la macchina mi è morta sotto. Ho guardato la lancetta della benzina. Sotto lo zero. Era quella di sinistra, quella dell'acqua, che segnava la metà. Prima o poi mi ricordo la giornata se non sto attento.

Sono sceso. Ho guardato la strada. Prima quella più accessibile, l'asfalto. Poi la bocca della balena. Faceva freddo. Di lampioni funzionanti ce n'era uno ogni tanto però i falò delle puttane che disegnavano la linea del percorso, qualche fanale in lontananza e quello strano chiarore della notte che mi apriva la strada a ogni passo. Macchine poche. O andavano pianissimo, e dall'insicurezza dell'arresto o dalla durata della trattativa distinguevi infallibilmente l'avventore abituale da quello di passaggio, oppure sfrecciavano come per non correre il rischio di rimanere in quella zona.

All'inizio mi ha meravigliato tutta quell'impazienza, poi mi sono ricordato che anch'io faccio la stessa cosa quando passo per un posto del genere dopo una certa ora. Ma lì per lì non ho avuto paura, perché avevo l'impressione di trovarmi in un posto governato da regole precise, e anche se non ne conoscevo nessuna ero convinto che se fossi stato disponibile a rispettarle non mi sarebbe capitato niente di male.

Camminavo e ridevo di me, del modo ridicolo in cui ero rimasto a piedi e del fatto che magari avrebbero provato pure a rimorchiarmi. Mi sono accorto di essere capitato davanti a un gruppo che aspettava quando ho visto a pochi passi le braci di due sigarette che galleggiavano nell'aria. Le gambe nude di quella appoggiata alla macchina erano così lunghe che mi pareva di guardarle dal basso. Una scultura, però. Forse non dovevo, ma l'ho fissata. La sua figura era una porzione naturale della notte. I capelli da pulcino. Le orecchie un po' all'infuori, ma l'unico paio possibile per un viso come quello. Le labbra forti, compiaciute. Una canottiera bianca da cui spingevano i seni piccoli e sfrontati, abbastanza indipendenti dal corpo da sopraffare la lampo del chiodo aperto per metà e stretto sui piccoli fianchi dov'erano piantate quelle gambe infinite. Era bellissima.

Altre due stavano in macchina. Quella al volante teneva il finestrino abbassato. Fumava dando brevi boccate, poi trascinava faticosamente il respiro verso l'alto e lo riabbassava piano arrivata al limite della tosse. L'altra, quella dalla parte del passeggero, ha acceso la luce interna e ha posato qualcosa nel cassettino del cruscotto. L'ho osservata. Era una faccia come tante, senza il rancore che pensavo. Per un attimo ha avuto un arresto appena percettibile. Un viso impegnato in un'occupazione qualsiasi attraversato da un ricordo infelice. Si è voltata verso di me, come si fosse accorta d'essere spiata. Ho voltato la faccia.

«Che c'è, bello, non riesci a dormire?» mi fa la prima.

Quel sistema di arti assemblati da una natura sfacciata, irregolare, superiore, mi aveva rivolto la parola. E nella mia lingua. Non riuscivo a capacitarmi che l'avesse fatto. Nemmeno ho convertito la sua voce in significato che m'è venuto addosso il resto.

«Vieni che qui ci ho un bel cuscino per te.»

Ha sollevato il perizoma. Era un uomo.

Il rumore di una manata sul cofano della macchina. Poi quella al volante che rideva. Gambe lunghe butta a terra la sigaretta e la schiaccia col piede. Un altro colpo di mano, questa volta sul volante. Me ne vado. Le risate si fanno sempre più insistenti. Pietre sulla schiena, mentre mi allontano.

Ho continuato a camminare finché ho assorbito abbastanza freddo da non sentirne più. A una cinquantina di metri dall'Agip (speravo avesse il self-service, invece) c'era la pensione Luce. Non è un posto di basso ordine, infatti è piuttosto dignitoso, d'aspetto. Una volta l'hanno citato su «Panorama» come uno dei pochi della categoria che non fa uso di lenzuola di carta. Da allora si porta dietro quella rendita con un certo compiacimento. Di quelle che lavorano per strada, non a tutte è permesso servirsene. È necessario che abbiano un personale che tenga il tono del posto piuttosto alto, e comunque mai al di sotto di un certo livello. C'è pure un ristorante, come anticamera per chi s'imbarazza di andare direttamente al punto. Pare che cucinino bene i funghi.

Quando Miriana m'è passata sotto gli occhi seduta accanto al guidatore di una Golf bianca era così vicina che non l'ho quasi vista. È curioso quanto poco una persona assomigli a se stessa, se ti capita davanti dove non vorresti mai incontrarla. Mentre la macchina raggiungeva l'ingresso dell'albergo ho fatto qualche passo indietro per mettermi fuori della portata delle luci. Lei adesso era uscita dall'auto e le lanterne della pensione la illuminavano completamente. Chissà se era lei. Di sicuro aveva i suoi vestiti.

Ho guardato lui. Chiudeva lo sportello con addosso una finta fretta. Era magro e pettinato. Ha frustato l'aria con il telecomando dell'antifurto. La macchina ha avuto come una vibrazione.

Non era alla sua altezza.

L'altra settimana, in tribunale. Ero da Messano, l'istruttore a cui è stata assegnata la vertenza di Caiello. È una causa che ho preso a cuore, perché Caiello è buono; uno di quelli da cui vorrei il panettone a Natale, invece dell'onorario. Come tutte le brave persone è molto apprensivo. Crede che la giustizia funzioni, e ha paura di servirsene. Gli dispiace di avere agito contro qualcuno, anche se è quel delinquente che si è rimangiato la parola pur di impadronirsi della caparra che lui gli aveva versato per l'acquisto di un terreno. Allo stesso tempo sa che in quell'anticipo c'era un anno di lavoro, e non vuole perdere: così viene spesso. Si rende conto che la maggior parte delle volte che mi arriva in studio avrebbe potuto starsene a casa, perciò insiste sempre per pagarmi. Naturalmente io non glielo permetto, e poi non è che mi levi molto tempo. Si siede (ho l'impressione che più delle mie parole sia il mio ufficio a fargli bene: i mobili, le stampe alle pareti, i codici e le cartelle sulla scrivania), mi fa le solite domande a cui do le solite risposte, mi saluta e se ne va, riconoscente e un po' più sereno. Adesso veniva un'udienza piuttosto importante, così non ho potuto impedirgli di pagare. Scommetto la macchina (se ancora la ritrovo in litoranea) che quel poco che mi ha dato era tutto quello che gli era rimasto per arrivare alla fine del mese.

*

Tra le nove e mezzo e le undici, le aule di udienza civile sono come mezzi pubblici all'ora di punta. Piccole stanze stipate di segretarie, avvocati in cravatta che entrano, escono, si chiamano per titolo e cognome ad alta voce, si raccontano fatterelli, insomma fanno il loro lavoro; freschi laureati in cerca di esperienza; qualcuno che non c'entra o non sa esattamente perché sta lì, visto che è tutta la mattina che aspetta. Vicino alla finestra c'è una scrivania e dietro un signore dall'aria sprecata. Quello è il giudice. Al suo tavolo si accalcano tutti con una disinvoltura troppo esibita per convincere. Nelle aule penali c'è l'attesa, il tempo che non passa. La rappresentazione della condanna che incombe. Ma questo è un altro capitolo.

Insomma, in quel disordine ingovernabile che poi viene puntualmente a capo alla fine della mattina, quasi che l'elenco dei litigi appeso alla porta avesse ricevuto davvero la trattazione che aspettava, lì dentro t'infili anche tu che devi fare la stessa cosa di tutti gli altri, chiedi scusa e permesso, vai al tavolo dei fascicoli d'ufficio e, fra le pile di tutti quelli che devono essere trattai anche loro quello stesso giorno, ti cerchi il tuo. Lo trovi (spesso è una pesca umiliante), se c'è posto ti siedi e metti a verbale le tue ragioni. Se no esci dall'aula e vai a cercarti un posto da un'altra parte, insomma t'arrangi. Rientri, aspetti che il tuo avversario faccia la stessa cosa, magari ci scambi due parole (più che altro per correttezza), ti metti in turno dal giudice. Quando tocca a te, eventualmente discuti. Così, per dire. Come si può discutere circondati da una dozzina di colleghi che non vede l'ora di andarsene.

Io non so esattamente cos'è successo. L'ultima cosa che ricordo è stata la solita ventata di acque di colonia quando mi sono infilato tra le giacche grigie degli altri. Poi un improvviso fresco intorno, e una sensazione di leggerezza. Che ci facevo, visto che non mi pareva di esserci andato, nella sala riunioni del consiglio dell'ordine? Stavo bene, ero lucido, perfettamente cosciente. Vicino a me c'era Felice che mi parlava con la sua consueta gentilezza. Era bravo a fare finta che fossimo lì a chiacchierare. Però quella tazzina di caffè che mi aveva messo davanti e zuccherava continuamente.

Oh, basta, gli faccio.

Lui sorride.

Che è successo, domando, ero da Messano.

Ma la fai la colazione la mattina, dice lui.

Non so dire se Miriana viva nonostante il male o grazie a lui. Certo non è di quei malati da prendere a esempio. Quelle cose tipo: Eh, però, hai visto che coraggio.

Ci sono periodi che non si fa vedere per parecchi giorni, evidentemente la malattia muove all'attacco della sua resistenza. Però lei ritorna. Io lo so. Mi chiamerà quando la starò facendo diventare una delle tante persone che conosco. Mi farà la più fuori luogo delle domande, quella che più mi piace, e si riprenderà il suo posto.

No, non è come sembra. Non sono così buono. La verità è che aspetto come una manna dal cielo il giorno in cui Miriana accetterà di soccombere alla malattia.

Intendiamoci, le voglio bene. Ma non posso credere che resista così a lungo. Ho paura di quello che non so spiegarmi. Ho paura di lei.

Miriana la settimana scorsa m'ha chiesto di accompagnarla dall'altra parte della città. Le volevo chiedere perché ma non l'ho fatto. Lei ha capito che friggevo di curiosità ed è stata zitta tutto il tempo. Abbiamo fatto soltanto metà strada, poi quasi da un momento all'altro mi ha chiesto di farla scendere. Ho accostato, è scesa, mi ha salutato, erano le quattro-quattro e un quarto, pochi negozi aperti, un passante ogni tanto. Non sono ripartito, vedevo che non si dirigeva da nessuna parte, sembrava che non conoscesse affatto quella zona della città. Ho abbassato il finestrino e le ho chiesto posso aiutarti, vuoi che aspetti con te. Lei s'è girata manco avessi cercato di rimorchiarla, fatti i cazzi tuoi m'ha detto e mi ha dato pure un calcio nella macchina, poi ha cominciato anche a urlare e se c'è una cosa che non sopporto è questo genere di scene in mezzo alla strada con gli estranei che si fermano a guardarti in faccia manco avessero pagato il biglietto, allora ho messo la marcia e sono ripartito, vaffanculo va', fatti fottere ho detto mentre mettevo a posto lo specchietto che non c'era neanche bisogno, m'infilo nel traffico per farti un favore mi preoccupo per te per paura che cadi che ti rompi la faccia e tu mi tratti così, allora fanno bene quelli che ti dicono pazza alle spalle, che razza di modi sono questi come ti permetti.

Sono tornato a casa, avevo del lavoro, una diffida mi

sembra no anzi una querela però non stavo bene, una difficoltà a respirare, una cosa che non arrivava fino in fondo, un bisogno, non so. Cos'è ho sete, ho pensato, e sono andato in cucina, ma come ho dato il primo sorso ne ho avuto abbastanza; fame allora e ho aperto il forno, era avanzata della torta rustica, taglio una fetta, quel sapore di ricotta e spinaci era buono ma non sapevo che farmene allora ho pensato di lavarmi le mani, naturalmente non serviva, dopo si erano così seccate che mi facevano pure senso. Ho acceso la televisione e l'ho spenta, ho fatto un giro per casa, mi consola la mia casa, mi piace la mia casa, è venuta come volevo, guarda come sta bene il quadro di Anna e Elio con il tavolo della nonna e però niente, non passava, non riuscivo a trovare pace.

Mi sono rimesso al lavoro e più o meno ho lavorato. La sera, saranno state le nove e mezzo, mi stavo vestendo, Mimmo, Donata e Cuccio mi aspettavano davanti al Chiarini, allora ha suonato il telefono, era lei. Mi ha parlato come se non fosse successo niente, come se non ci fossimo visti il pomeriggio, come se non ci fossimo visti da moltissimo tempo, aveva la voce cara, aveva voglia della mia voce, voleva informarmi che non era incinta e io non riuscivo nemmeno a dire tanto ero felice che mi stesse chiamando da casa.

Anche oggi a metà del pomeriggio ho interrotto il lavoro e sono uscito. Non che avessi delle scadenze, però. Veramente non so dire perché lo faccio, ma è dall'altra settimana che appena posso lascio tutto e me ne vado in giro a piedi per un'oretta minimo. Non vado da nessuna parte, cammino. In qualche modo dovrò pur giustificare tanta disponibilità ad ubbidire a questo strano comando. Così ho già comprato due codici commentati e una raccolta di sentenze in una piccola cartoleria dall'altra parte della città. E pago una rata regolare alla libreria giuridica vicino casa.

L'altra cosa è che voglio camminare da solo. Guai se qualcuno che conosco m'incrociasse la strada e si offrisse di accompagnarmi. Il mio umore sarebbe rovinato per sempre, quel giorno. Per questo mi sposto parecchio dalle zone che pratico di solito. Poter passare accanto a persone che non ho mai visto, non doverle salutare, chiedere come vanno le cose, come stanno le loro mogli, è un'esenzione così deliziosa. Se piove, è anche meglio. Allora mi piace molto fermarmi sotto un arco, o magari nell'androne di un palazzo, ad aspettare che passi. Leggere i nomi degli inquilini.

Ho l'impressione di non avere controllo su questo piccolo disturbo che mi sta portando via i pomeriggi. Se c'è una cosa che mi ha sempre fatto paura è il pensiero di un male che mi prendesse alle spalle. Sono preoccupato.

L'udienza di Caiello si era tenuta regolarmente. Avevo fatto in tempo a verbalizzare ogni cosa, stavo giusto andando a mettere il fascicolo in turno. Messano aveva dato un'occhiata alle carte, il collega gli aveva riassunto rapidamente le nostre richieste e lui s'era riservato. Quando l'istruttoria si complica, succede quasi sempre così. In pratica è come se il giudice dicesse un momento, mi avete detto troppo, non posso rispondervi adesso, mi guardo bene gli atti poi vi faccio sapere.

Venerdì sono andato in tribunale a vedere se la riserva era stata sciolta. La cancelleria è al terzo piano, non proprio una fatica ma insomma, è un palazzo fascista, i gradini sono più profondi. Di solito faccio le scale; stavolta non c'era coda all'ascensore e ho pensato perché no. Chiamo. Mentre aspetto arriva Nando Ferrara, ci conosciamo da poco. Come va, dopo di te, nemmeno a dirlo, accomodati. Ma con una cortesia sproporzionata, servile. Mica avevo capito. E pure stamattina, dagli ufficiali giudiziari, qualche testa s'inclinava in direzione mia. Che avranno da guardare. Non ho mica perso i capelli.

Miriana è all'ospedale. L'ultima caduta è stata molto violenta, ce ne ha messo a svegliarsi. Da qualche giorno si è ripresa, infatti adesso è in una camerata da otto. Sono andato a trovarla solo ieri. Avevo tanto da fare.

La prima cosa che ho visto quando sono entrato in quello stanzone che odorava di pillole e pigiami è stato un *Almanacco Topolino* aperto a faccia in giù su un letto provvisoriamente disabitato. Chissà perché ho avuto l'impressione che mi riguardasse. Miriana era proprio al centro della fila, fra un posto vuoto e un vecchio seduto sul letto che masticava lentissimamente qualcosa che teneva con tutt'e due le mani. Doveva essere un *brioss*, o comunque qualcosa di tenero, perché sbriciolava, e il movimento mandibolare era di chi non ha i denti. L'aspetto di Miriana era minimamente diverso. Niente escoriazioni, nessun segno di assenza. Solo negli occhi una spaventosa quiete. Però la faccia, il lenzuolo, il garbato disordine sul suo comodino sapevano di fresco, come l'avessero appena cambiata.

Mi sono affacciato alla spalliera del letto. Mi ha sorriso, in nessun modo particolare. Le ho indicato la sedia accanto al comodino senza levarle gli occhi di dosso, insomma per sapere se le andava che restassi. Lei ha fatto per sistemarsi il cuscino e io mi sono messo a sedere. Ho incrociato i piedi e li ho tirati sotto la sedia. La posizione delle mani invece l'ho cambiata due o tre volte.

Dal corridoio si è sentito l'ascensore che si apriva e subito dopo dei passi sveltissimi di donna che finivano sulla porta della stanza accanto. Poi una voce familiare che annunciava un giocattolo, o qualcosa del genere. Scopriva e copriva, diceva no e sì, cercava di produrre l'attesa per soddisfarla. Ma era lei che aspettava. Era come un pagliaccio che continua a ripetere il numero finché non prende l'applauso. Faceva del suo meglio, era brava. Ma dalla stanza non veniva un singhiozzo, una risata, un segno di agitazione.

Miriana mi ha fatto segno di passarle un blister di compresse dal comodino. Gliel'ho dato, lei l'ha preso, s'è guardata intorno ora di qua ora di là con molta cautela, se l'è messo sotto le coperte. Poi l'ho sentita bofonchiare qualcosa con gli occhi rivolti all'ingresso. M'è sembrato « fanculo ». Il vecchio di prima s'è alzato e ha cominciato a trascinarsi verso la porta. I piedi sembravano non funzionargli. Dal fondo della stanza si sentiva una radio.

Non mi veniva niente.

« Esco dopodomani » fa lei. Infila un braccio sotto il cuscino, dà un colpo di reni e si volta verso di me.

Evidentemente non aveva considerato lo sforzo che comportava quella manovra. Gli occhi le si sono spalancati dal dolore e ha fatto una brutta smorfia con la bocca. Non avevo mai provato una pena così. È stato come se tutti gli organi avessero fatto blocco dentro, diventando una sola cosa compatta per difendersi da un'aggressione. Ho fatto la prima cosa che m'è venuta, mi sono chinato su di lei e le ho tenuto la testa. Devo avere indovinato, perché attraverso la mano ho sentito il corpo che perdeva tensione. Ha chiuso gli occhi e li ha riaperti. Anch'io mi sono sentito meglio.

M'ero riproposto di non strisciare. Ormai era andata com'era andata. Macché.

« Potevo venire prima. »

Non l'avevo mai vista da così vicino.

« Sono contenta che sei venuto. »

« Risponde Sandra Richter. In questo momento non sono in casa. Se volete, lasciate un messaggio dopo il bip. A presto. »

Il biglietto che accompagnava la pianta che sono venuti a consegnarmi diceva *Mettila vicino al telefono così ti ricordi di farti sentire, ogni tanto.* Appena l'ho letto mi sono precipitato all'apparecchio come sulla manopola del gas. Per qualche ragione intuivo che mi sarebbe venuto un gran bene dal chiamare subito. E difatti la voce di Sandra è stata un tale sollievo. Sapeva di giornate qualsiasi, di pranzo e cena, vetrine del centro e film in cassetta, com'è il tempo fuori be' insomma. Tutto un mondo che mi veniva in salvo.

La pianta era molto bella. Un aspetto innocente, curatissimo. Somigliava tutta a lei. Chissà se avrei saputo tenerla.

Poi la sera, mentre mi preparavo per uscire, ho sentito che qualcosa mi portava via l'entusiasmo. Una sottrazione discontinua, fatta di piccoli morsi. Ho fatto finta di niente e sono andato all'appuntamento. Credo che Sandra abbia capito molto prima di me che non avevo voglia di passare la notte con lei. Le donne sentono in anticipo la vicinanza delle cose morte. Una volta o due mi ha sfiorato per sapere. Aspettava poco prima del confine dopo il quale, se anch'io avessi voluto, saremmo finiti a letto un'altra volta. E quando incontrava la mia assenza rinunciava senza darmene la colpa.

Non avevamo fame, abbiamo fatto giusto un giro con la sua macchina e preso qualcosa in un bar. Ho parlato quasi sempre io, con l'affanno di chi non racconta ma cerca di recuperare uno spazio. Di me non mi ha chiesto. È una persona discreta. Quando si è fatta una certa ora mi ha accompagnato. Sotto casa mi ha proposto una cena in piedi da lei, la sera dopo. Sette, otto persone in tutto. Le ho chiesto chi erano, poi ovviamente ho detto sì. Ma l'avrei fatto comunque. Le ho spento il motore e l'ho baciata. È stata gentile a ricambiarmi. Ci siamo lasciati con tenerezza.

*

Il giorno dopo ero da lei come promesso. Dieci in tutto, compresa la bambina di una coppia. Sandra aveva preparato un buffet con poche cose, molto buone. La vicina le aveva prestato quattro sedie. Si parlava di televisione, di tasse, di ufficio, di figli. Un po' mi annoiavo, ma quando incontravo gli occhi di Sandra mi sentivo al mio posto.

Il bagno è dall'altra parte della casa, vicino alla camera da letto. Me n'è venuto bisogno e sono uscito dalla stanza. Ho fatto metà corridoio e mi sono fermato. Da questa parte del muro, l'impasto delle voci che avevo appena lasciato diventava qualcosa di più di un gruppo di amici che chiacchierava. Era una loro derivazione, con una sua particolare volgarità. Una comunità che si era insidiata in casa di Sandra e consumava la serata nella completa noncuranza di me. M'è sembrato allora che la cosa più giusta da fare fosse andarmene. Ancora mi vedo mentre finisco il corridoio e arrivo nell'ingresso, trovo il mio cappotto, apro la porta, me la chiudo alle spalle. Nessun senso di colpa.

Dopo quella sera ho tagliato ogni rapporto con l'esterno. Uscivo solo per andare in tribunale e fare la spesa. Per fortuna ho lo studio in casa, così nessuno si è accorto della mia detenzione.

Ho ripreso il controllo del mio ufficio, riordinato la libreria, archiviato tante pratiche che m'ingombravano. Ho studiato. Conosco molto meglio il nuovo codice, adesso. Cucino discretamente la pasta. Una volta che ha fatto molto freddo ho dimenticato la finestra del soggiorno aperta. La pianta di Sandra era proprio lì vicino, ed è quasi morta. L'ho curata come potevo. Per fortuna si è ripresa, adesso è fuori pericolo. Ogni mattina le parlo e le accarezzo le foglie. Non ha più la lucentezza di quando me l'hanno portata, però è viva. E mi sembra contenta di stare con me, anche se non è più bella come prima.

Miriana non è stata dimessa dall'ospedale. Sembra che abbia avuto un'altra convulsione, e la notte dopo un infermiere l'abbia presa per miracolo mentre cercava di tuffarsi nella tromba delle scale. Non mi sorprende più di tanto che ci abbia provato.

Adesso finalmente sono in strada. Che sapore familiare ha l'aria. Ho un buon aspetto, credo. Giusto un filo di pancia. Mi sento a mio agio nei vestiti. Il garage apre alle quattro. Spero che mi parta la macchina, è tanto che non la prendo.

Ho fatto molte cose a mia insaputa, negli ultimi tempi. Le lunghe camminate senza ragione. Quello strano incidente in tribunale. Il nessun piacere del corpo di Sandra. L'emarginazione che mi ha aggredito nel suo corridoio la sera della festa. L'impressione che la pianta mi sorrida quando torno a casa.

Mentre aspetto che il custode del parcheggio dell'ospedale finisca di annotare il numero di targa e mi dia la ricevuta, penso che vincerò la causa di Caiello, perché lo merita.

Non ho ancora scelto le parole. Proverò per le scale. Magari mi verranno all'ultimo momento.

Vorrei soltanto che mi dicesse di sì.

## LAURA DEL LAMA

### *Ciò che veramente avvenne tra Dimitri Salina e la piccola zingarella*

Dimitri guardò fuori dal finestrino giusto un attimo prima che il sole scomparisse. Poi l'aereo sobbalzò, inciampò in un vuoto d'aria e si immerse in un angolo di cielo morto; impossibile dire se stessero ancora viaggiando o meno.

Ecco che succedeva di nuovo, quella brutta sensazione di disagio, il principio di panico che arriva piano, lo stomaco contratto e il respiro corto. Sarebbe stato sufficiente spostare lo sguardo, sfogliare le pagine del libro che teneva appoggiato sulle gambe. E invece rimase con gli occhi incollati al finestrino a guardare quel sipario senza sfumature, una tenda che nemmeno il passaggio dell'aereo riusciva a sfondare.

Deve essere così morire, pensò Dimitri.

Fuori, nessuna idea di movimento: pareva di essere finiti in un luogo senza tempo, senza alcuna dimensione. Non doveva forse succedere che lo spostamento d'aria provocato dalla fusoliera smuovesse quel nulla che c'era intorno? Il nulla che pareva essersi inghiottito tutto; il cielo e la terra che non esistono più, come non esistono più un sopra e un sotto. Il cervello non trova riscontro tra le sue conoscenze, niente corrisponde a quella fermezza impossibile. Così arriva il terrore che prende le gambe, si impadronisce di vene e arterie, occupa il cuore, e si comincia ad aspettare l'ultimo battito, la fine, che però non arriva. La morte, a salvare tutto, non arriva.

Dimitri strinse forte i braccioli della poltroncina e si voltò verso lo sconosciuto che gli sedeva vicino, pronto a condividere con lui la tragedia ormai prossima. Ma il tizio, un uomo piuttosto robusto con un abito scuro di alta sartoria e una cravatta bordò fegato, leggeva tranquillo la sua rivista di finanza (non aveva fatto altro per tutto il tempo), ignaro, o forse noncurante, di quello che stava accadendo fuori. Una hostess passò sorridente. Fingeva, o forse nemmeno lei si era accorta dell'oblio in cui erano finiti. Controllava che effettivamente tutti i passeggeri avessero le cinture allacciate come aveva suggerito il segnale luminoso. L'uomo accanto a Dimitri staccò lo sguardo dalla rivista e afferrò il braccio della donna, un gesto schietto e forse maleducato.

«Tra quanto atterriamo?» chiese in francese.

«Tra venti minuti, signore.»

Lasciò andare la hostess e si rituffò nell'articolo del suo giornaletto noioso.

Dimitri aveva seguito la scena e si era così distratto, il panico era scemato e anche la sensazione orribile di aver perso i contatti con la realtà. Fuori dal finestrino il mondo era tornato a scorrere. Adesso sotto di loro si vedevano i campi quadrettati della pianura francese, i tetti scuri delle case e le pale eoliche che giravano lente. Chissà se qualcun altro su quell'aereo si era accorto del salto dentro al buco temporale.

Il pilota se n'era sicuramente accorto, aveva capito. E perché allora non era impazzito? Forse perché a lui bastava dare un'occhiata ai segnali dei radar, ai messaggi inviati dalla Torre di Controllo, laggiù sul pianeta terra. È così rassicurante la Torre di Controllo, è la prova che tutto sta al proprio posto, come sempre.

Il sole adesso era in linea con l'aereo, entrava di taglio all'interno della cabina e lanciava ombre sulla parete opposta. Dimitri abbassò la visiera dell'oblò e aspettò l'atterraggio così, con gli occhi socchiusi.

Uscì dall'aeroporto trascinando il trolley. Un vento insistente sferzava le strade, il cielo era umido di una pioggerella che doveva essere caduta solo qualche minuto prima. Si abbottonò il cappotto e ricordò che l'ultima volta che era stato a Parigi, giusto un paio di settimane fa, c'era il sole e faceva troppo caldo per la stagione che era.

Che città volubile, pensò con una punta di fastidio.

Guardò la fila di taxi schierata lungo il marciapiede di là dalla strada. Molti dei suoi compagni di viaggio li avevano già raggiunti, altri gli correvano incontro. Dimitri, che non aveva nessuna intenzione di correre, contò da lontano i taxi: non erano sufficienti, come al solito. Aspettò che anche l'ultima auto lasciasse il marciapiede, poi con calma si avviò verso la stazione della RER.

«Monsieur.»

Dimitri si voltò a guardare in strada. L'uomo con il vestito scuro e la cravatta color fegato sventolava una mano fuori dal finestrino di un taxi e lo invitava ad avvicinarsi.

«È diretto in centro? Possiamo dividere il viaggio se per lei non è troppo sconveniente.»

Dimitri si tolse il cappello, studiò il volto dello sconosciuto, indugiò incerto se accettare il passaggio.

«Va bene, dividiamo» disse.

Il tassista sistemò con gesti spicci il suo trolley nel portabagagli, mentre Dimitri si accomodò accanto all'uomo. Erano di nuovo vicini di poltrona. Si guardarono, sorrisero cortesemente, poi entrambi si concentrarono sul proprio finestrino.

L'auto si incuneò nella prima strozzatura in direzione dell'autostrada, davanti e dietro di loro solo taxi che lasciavano l'aeroporto alle spalle.

«È diventato snervante viaggiare in aereo» disse l'uomo dopo un po'. Tirò fuori un fazzoletto enorme dalla tasca e si soffiò rumorosamente il naso. «Ha notato? Almeno la metà delle persone che stavano sul nostro volo erano turisti, gente poco avvezza a prendere l'aereo. A me capita spesso di trovarne. Sono confusionari, non sanno cosa fare, vagano per il corridoio intralciando il passaggio.»

Si soffiò di nuovo il naso e ripose il fazzoletto nella tasca.

«Il turismo di massa» rise. «Bella invenzione. Adesso che tutto l'anno è diventato buono per viaggiare, te li ritrovi tra i piedi ogni volta. Dovrebbero creare dei voli solo per turisti e altri appositamente per chi, come noi, viaggia per affari. Non trova?»

«Pienamente d'accordo» rispose Dimitri.

Anche se in verità a questa faccenda non aveva mai pensato. Il fatto era che quel «noi» usato dall'uomo, e che quindi includeva Dimitri tra gli uomini d'affari, lo aveva un po' stordito. Dunque era abbastanza evidente che anche lui facesse parte della categoria, pensò compiaciuto, poiché Dimitri era un tipo che teneva molto alla forma. Questo senso di appartenenza creava intesa e rispetto tra sconosciuti e contemporaneamente rendeva superfluo ogni genere di confidenze.

Rimasero quindi in silenzio tutto il tempo; anche se il traffico parigino avrebbe rallentato di molto il loro arrivo alle rispettive destinazioni, presto si sarebbero salutati e molto probabilmente non si sarebbero più visti.

Dopo circa una mezz'ora, il taxi si fermò di fronte a una bella palazzina in stile Ottocento.

«Io sono arrivato» disse l'uomo con l'abito scuro.

Dimitri guardò affascinato l'edificio. Era quella la sede lavorativa del suo compagno di viaggio? Oppure ci viveva?

L'uomo estrasse il portafogli ma Dimitri gli fermò la mano.

«Lasci che ci pensi io. Lei è stato così gentile.»

L'altro provò a replicare ma Dimitri lo invitò a non insistere.

«Vuole salire a bere qualcosa da me?» chiese l'altro senza mutare espressione.

Dimitri rimase interdetto e istintivamente abbassò gli occhi sulle mani dell'uomo. All'anulare sinistro portava la fede.

«No» rispose.

Il tizio annuì e scese dal taxi. Recuperò la sua valigia dal bagagliaio e raggiunse il portone d'ingresso ma rimase fermo lì davanti. Dimitri dette ordine al tassista di partire. L'auto lasciò il marciapiede e si immerse nel caos dei boulevard. Dimitri abbassò gli occhi e fissò il posto vuoto lasciato dall'uomo, poi si spostò e vi si sedette lui.

« Ben tornato, signor Salina » lo salutò il concierge dell'hotel.

Dimitri gli strinse la mano. « Fa un tempo terribile. A Firenze quando sono partito c'era il sole, sembrava primavera. »

« Qui non esistono stagioni. »

Dimitri firmò la cartella di ingresso e afferrò le chiavi che il concierge gli stava porgendo.

Gli piaceva quell'hotel perché era efficiente, non si perdeva tempo con scambi di documenti e inutili burocrazie ed era piuttosto silenzioso. Per questo già da qualche tempo, quando si recava a Parigi, preferiva dormire lì.

Raggiunse la sua camera e si distese sul letto. Si allentò la cravatta, ma non si spogliò. Voleva uscire, fare due passi, mitigare la smania che lo aveva preso per uno stupido pensiero.

Prese dal trolley spazzolino e dentifricio, si lavò i denti, passò il filo. Aggiustò con le forbicine i baffetti per renderli più simmetrici, poi chiamò sua sorella.

« Come è andato il viaggio? » chiese lei.

« Al solito. Noioso. »

« Il tempo com'è? »

« Abbastanza fresco e umido. »

« Hai dimenticato la canottiera di lana. »

«Ah sì?»

«È qui sul tuo letto. Fermati a comprarne una prima di rientrare in albergo.»

«Non servirà. Domani sera sarò di nuovo a Firenze.»

«Come vuoi. Riguardati e non ti stancare troppo.»

Lo innervosì l'idea di aver dimenticato la canottiera.

Adesso mi ammalerò, pensò, mentre camminava tra le strade intorno all'hotel in cerca di un bar. La consapevolezza di non avere indosso la sua preziosa canottiera lo riempiva di brividi; gli pareva di sentire più freddo al torace, come l'avesse scoperto. Dimitri era sempre stato delicato di bronchi, fin da bambino, e gli bastava un niente per prendere dei brutti raffreddori dai quali faticava a uscire. Avrebbe dovuto seguire il consiglio di sua sorella, acquistarne una in un negozio, ma non aveva idea di che taglia portasse, né quale marca chiedere. Era lei che gli comprava la biancheria, Dimitri non se n'era mai occupato.

Dagli ingressi del metrò entrava e usciva gente senza sosta. Dimitri odiava la metropolitana parigina: era lercia e puzzolente. Lo infastidivano tutte quelle piastrelle lungo le pareti, i colori volgari dei cartelloni pubblicitari, troppi e troppo grandi. Odiava scontrarsi con la gente che scendeva di corsa dai convogli, si gettava verso le uscite e pareva risalire le scale come se gli mancasse l'ossigeno. Cosa avevano di così urgente da fare per giustificare tanta fretta?

Una volta aveva visto una signora, una bella donna, sui quaranta, scendere dal treno ancora in movimento, rischiando di cadere. I capelli, sicuramente ben pettinati appena uscita di casa, erano arruffati e scomposti, la borsetta calata sulla spalla. Dimitri l'aveva osservata, bella e sconvolta, lo sguardo deciso. Gli era passata accanto, l'aveva urtato, aveva bisbigliato un «pardon» senza nemmeno guardarlo in viso.

«Adesso le chiedo dove sta andando, perché corre in quel modo.»

E quasi l'aveva fermata. Lei sicuramente gli avrebbe risposto che andava di fretta per via del lavoro.

«Sono una donna d'affari, io.»

E che significava? Anche Dimitri stava lì per lavoro, ma non per questo correva come un pazzo.

«Ah, voi italiani, con i vostri tempi biblici. Per noi il tempo è denaro» immaginò che gli dicesse la donna.

Dimitri pensò che il tempo è vita, salute. Che le cose fatte con moderatezza, senza ansia e stress, aiutano a vivere meglio e a lungo. Mettiamo lui, per esempio: Dimitri Salina. Aveva appuntamento alle diciannove con certi clienti in Place des Vosges, ed era partito dall'Italia con molto anticipo. Preferiva fare le cose con calma. Avrebbe preferito che tutti fossero più calmi.

Il tempo è denaro? Macché. La lucidità è denaro. Per lavorare serve la mente fresca.

Avrebbe concluso l'affare in questione, avuto il tempo di cenare con questi signori e passare il resto della sera senza sentire il peso della giornata.

Ecco, appunto. Cosa avrebbe fatto dopo cena? Dipendeva dai suoi clienti. Erano persone discrete o avvezze alla bella vita? Poteva succedere che nell'organizzare la serata gli capitasse di incontrare Nina. Poteva succedere proprio questo. Il suo solito nodo emotivo, posizionato in una porzione non ben definita dello stomaco, tremò.

Era già da un po' che camminava. Si guardò intorno per provare a capire dove si trovasse e in effetti si era allontanato di molto dalla zona dell'albergo. Passeggiò ancora, questa volta cercando seriamente un caffè che facesse al caso suo. Ne trovò uno silenzioso e poco affollato. Si sedette a un tavolino. Al cameriere, un ragazzo giovane e vestito troppo casual, chiese un tè verde. Mentre aspettava si mise a sfogliare il libro che si era portato con sé.

Chiaramente non era tranquillo. O perlomeno non lo era più dal momento in cui gli era venuta in mente Nina. Ovviamente già prima di partire aveva pensato all'eventualità di incontrarla. Si era immaginato la scena del loro incontro decine di volte, ne aveva creato delle varianti credibili, sfumature che aumentavano la bramosia. Però adesso si trovava a Parigi, magari in questo momento stavano a poche centinaia di metri l'uno dall'altra. Esistevano dunque delle possibilità di trovarsi *per caso* in quella città caotica con milioni di anime? No. A meno che.

A meno che non si fosse recato nei posti dove sapeva di poterla incontrare. A meno che lui non l'avesse chiamata e chiesto di vedersi. Loro due, soli.

Entrarono dei giovanotti vestiti di tutto punto. Si allentarono le cravatte e, gettate le ventiquattrore sulle poltroncine, si avviarono tutti insieme al bancone. Dimitri li guardava da sopra il suo libro. Sentiva le loro voci senza ascoltarle. Capì che avevano concluso un affare ma non erano lì per festeggiare. Sembravano dei broker o qualcosa di simile. Ordinarono birra, daiquiri e vino. Occuparono dei tavolini e continuarono a discorrere di lavoro. Dopo qualche minuto arrivarono altri ragazzi e delle giovani donne. Il locale si riempì di voci e profumi, la porta si apriva e chiudeva continuamente. Le persone facevano la spola tra l'interno e l'esterno per fumare, nonostante il vento freddo spettinasse i loro capelli lunghi, le loro giacche all'ultima moda.

La stanza era diventata fredda. A Dimitri arrivava uno spiffero fastidioso a causa di quel continuo via vai di gente. Provò a rimediare cambiando posto, ma ormai gli si erano gelate le ossa. Però non se ne andò, rimase a osservare quei ragazzi. La giornata lavorativa cominciava già a scivolargli di dosso, si vedeva. Era un intervallo quello, tra la fine del lavoro e l'ora di cena, tutt'altro che superfluo, serviva per liberarsi dalle tensioni.

Dimitri non ne avrebbe avuto bisogno. Controllava il suo lavoro da casa e lo faceva quando voleva lui; incontrava i clienti all'estero se necessario, parlava poco con il suo datore di lavoro. Il suo affaticamento era minimo. Non sentiva mai la necessità di staccare, di svagarsi. Però guardando quei ragazzi gli pareva che gli mancasse un momento come quello lì, che ci si incontra con delle persone e si beve insieme cose che fanno sentire più leggeri. Ecco, forse gli mancava di liberarsi ogni tanto di certi pesi che si portava dentro, scontentezze legate a quotidianità cui non sapeva rinunciare, ma che a volte pesavano, appunto. Allora si insinuava in lui il dubbio che avesse sbagliato qualcosa, che non fosse poi così corretto il suo vivere. Un dubbio che lo assaliva sempre più spesso, che si muoveva in lui, creava un percorso dentro la carne, ma il suo procedere era lento, difficoltoso. Forse non sarebbe mai arrivato a destinazione.

Guardò l'orologio. Si era fatto tardi. Doveva ritornare all'hotel a prendere tutti gli incartamenti prima di andare all'appuntamento con i suoi clienti.

Si fece strada tra i giovanotti che adesso ingombravano il locale, pagò il tè e uscì. Il vento era cessato ma in compenso aveva cominciato a piovere, una pioggerellina fitta e quasi impercettibile. Dimitri alzò il bavero del cappotto e di nuovo sentì quanto gli mancasse la sua canottiera. Se sua sorella si fosse preoccupata di controllare la valigia...

Si affacciò in strada in cerca di un taxi. Il traffico scorreva male, si alternava lento al volere dei semafori e i pochi taxi che Dimitri avvistava erano già occupati. Di tornare all'hotel a piedi nemmeno a parlarne, ci avrebbe messo troppo tempo.

A pochi passi da lui c'era l'ingresso della metro. Sospirò rassegnato.

Perlomeno mi ripararerò dalla pioggia, pensò.

Scese le scale di corsa stando attento a non scivolare sui gradini umidi. Appena mise piede nel sottosuolo una ventata gelida lo travolse come una fiammata: lo spostamento d'aria dovuto al passaggio dei treni. La schiena si riempì di brividi, qualcosa gli entrò dentro un occhio, una persona con un odore molto sgradevole gli passò accanto, urtandolo. Perché aveva deciso di uscire dall'hotel? Avrebbe potuto prendere il suo tè in camera, al sicuro e ben riparato. Tirò fuori il portafogli e controllò se vi fossero dei biglietti della metro. Non ne aveva. Si avviò verso la biglietteria: c'era una lunga fila di persone, così come alle macchinette automatiche. Dal momento che aveva iniziato a piovere, tutti si erano precipitati a prendere la metro. Si sistemò nella fila delle macchinette perché gli sembrava che scorresse meglio.

Adesso sentiva freddo ovunque. Tossì, si schiarì la gola e subito riconobbe quel doloretto fastidioso all'altezza delle tonsille. Sicuramente si trattava dei primi sintomi di qualche malanno. La fila non scorreva. Colpa di una coppia di tedeschi che non riusciva a capire come funzionava la distribuzione dei biglietti. Una zingara, avrà avuto dieci anni, li osservava appoggiata al muro. Sorrideva malefica, con quegli occhietti neri da donna adulta. Si vedeva che la loro inadeguatezza la divertiva. A un certo punto da sotto la magliettina di cotone sdrucito tirò fuori un paio di biglietti della metro. Li offrì alla coppia di crucchi.

« Ve li regalo. Prendeteli. Tanto a me non servono. »

Erano sicuramente usati, probabilmente li aveva raccolti da terra. Insisteva allungando la mano verso i due turisti, sventolava i biglietti sotto i loro occhi.

« Datemi due euro. Così voi risparmiate e aiutate me che non ho da mangiare » continuò lei.

La coppia probabilmente non capiva una parola di francese e comunque continuò a ignorarla.

La bambina aveva lunghi capelli neri e spettinati, gli occhi erano perfidi come quelli di una strega, la bocca era sottile e sul labbro superiore aveva una fitta peluria scura. Era vestita in quel modo terribile e raffazzonato tipico degli zingari: indossava una gonna a righe gialle e verdi lunga fino a metà gamba, ai piedi portava degli zoccoletti di plastica più grandi di almeno una misura. Era magrina, tranne per la pancia che era tonda e gonfia. Controllava tutte le persone che passavano, studiava i loro abbigliamenti, le borse delle signore. In quel momento per esempio fissava ostentatamente la borsa della donna tedesca. Lei a un certo punto dovette accorgersene, perché la mise davanti a sé, in modo da tenerla sott'occhio. Dimitri osservava la scena: tra poco sarebbe toccato a lui subire le attenzioni della zingara e subito sentì crescere dentro un certo disagio.

Il signore dietro i tedeschi, spazientito, si offrì di aiutarli. I due, tempo un minuto, avevano in mano i biglietti; ringraziarono l'uomo con sorrisi e inchini della testa, ma quello già non li considerava più. Si posizionò davanti al monitor, ringhiò alla zingara qualcosa di poco carino e lei si allontanò subito.

Dimitri nel frattempo calcolò che entro dieci minuti sarebbe sceso alla fermata della metro vicino all'hotel. Avrebbe dovuto correre un po', era vero, però sarebbe stato sufficiente farsi chiamare un taxi dal concierge prima di salire in camera, in modo da trovare l'auto già pronta al momento di uscire. Ci sarebbe stato da fare i conti con il traffico, ma con molta probabilità lo avrebbero trovato anche i suoi clienti. Quindi previde un leggero ritardo di entrambe le parti e il pensiero lo tranquillizzò un po'.

Aveva già organizzato tutto: il discorso introduttivo, il momento in cui avrebbe dovuto accennare alle agevolazioni, il tipo di vino da ordinare qualora i suoi clienti gli avessero chiesto un consiglio. Sapeva che l'affare sarebbe andato in porto; quell'incontro era una pura formalità. Solo di una cosa rimaneva ancora incerto: quello che sarebbe successo dopo cena. Ci pensava continuamente. Immaginò di trovarsi di nuovo in quello stupido locale e che Nina fosse là anche lei, come quando si erano incontrati la prima volta. Poteva succedere. Sarebbe stato bellissimo. Ripensò a quella sera. Sembrava che tutto stesse andando male, non aveva convinto i suoi clienti a concludere: i tre, un belga e due inglesi, volevano rifletterci ancora un po'. La cena era stata pessima. Dopo mangiato i clienti avevano voluto che Dimitri si aggregasse a loro e lui, per non scontentarli, li aveva seguiti, preparandosi mentalmente a una lunga e noiosa serata. Lo avevano trascinato in un locale becero e troppo illuminato, avevano ordinato da bere champagne e Dimitri si era seduto con loro e aveva bevuto quello che era giusto bevesse. A un certo punto era arrivata lei: bella da togliere il fiato, la voce accogliente, i modi da signora. Si erano presentati, avevano cominciato a parlare, avevano ballato a lungo, Dimitri forte dello champagne che lo rendeva brillante e loquace. Ecco, appena gli veniva in mente Nina, in Dimitri si accendeva automaticamente una smania incontenibile. Adesso gli sembrava impossibile pensare alla serata che lo aspettava senza sapere se l'avrebbe incontrata o no. Sentì che era incapace di sostenere quell'incertezza. Afferrò il telefonino dalla tasca dei calzoni e compose il numero di Nina.

«Allô?»

Era lei.

La gola di Dimitri rimase bloccata, non produsse suono. Sentiva il battito alterato del cuore nel petto.

«Allô?» ripeté lei.

«Nina, sono io. Sono Dimitri.»

Ci fu un attimo di pausa.

«Dimitri? Ma da dove mi stai chiamando?»

«Sono in metrò. Cioè... qui a Parigi.» Sorrise imbarazzato.

La fila scorreva, già intravedeva la macchinetta automatica ma gli pareva di non capire più nulla. La voce di Nina copriva ogni cosa, scioglieva tutto in una nuvola tiepida che nascondeva persone e oggetti.

«Come stai, Nina?»

Fece un passo in avanti, procedeva come voleva il ritmo della fila, ma non aveva più alcun senso stare lì.

«Bene.»

Sembrava lontana.

«Ti ho preso in un brutto momento?»

«Mi stavo preparando per uscire.»

Come mai quella voce distaccata? Le gambe di Dimitri si svuotarono di ogni forza.

«Nina, è forse successo qualcosa?»

«Per l'amore del cielo, Dimitri. Cosa vuoi che sia successo» disse lei un po' scocciata.

Eppure qualcosa doveva essere accaduto: cosa, perché, quando? In fondo ciò che gli interessava sapere veramente era se la causa di quel malumore dipendeva da lui o no.

«Vediamoci stasera. Vuoi? Ho bisogno di parlarti.»

Lei rise. «E di che?»

«Troviamoci dopo cena, da qualche parte. Beviamo qualcosa insieme.»

Un rumore forte, forse lo stridio del treno coprì la risposta di lei.

«Nina mi senti?»

«E poi questa sera è già prenotata.»

«Da chi?»

«Un gruppo di russi.»

Dimitri pensò ai suoi clienti: nessuno di loro era russo.

«E dove vi trovate?»

«Ma cos'è, un interrogatorio?» disse irritata.

«Molla tutto e stai con me.»

Lei rise di nuovo.

Dimitri sentì che aveva perso la presa su di lei. Il respiro cominciò a farsi corto. Era come ritrovarsi in mezzo a un mare agitato: arranchi e ti dimeni cercando di afferrare l'unico appiglio e quello ti scivola via continuamente.

Nel frattempo il monitor della macchinetta distributrice gli si materializzò davanti agli occhi. Toccava a lui fare il biglietto. Ma in quel momento non sarebbe stato capace di mettersi ad armeggiare con tasti e soldi. Allora uscì dalla fila e si rimise in coda.

«Dimitri, perché non terminiamo questa telefonata?»

«No» urlò lui.

Sentì lei che sospirava.

«Cosa vuoi da me?»

«Lo sai cosa voglio, Nina. Io...»

«No, Dimitri. Non lo so, e nemmeno tu. E quello che credi di volere in realtà è solo un capriccio.»

«Perché dici così?»

Lei rimase qualche secondo in silenzio. La fila scorreva maledettamente veloce adesso.

«Per favore, non diventare molesto anche tu» disse lei.

«Hai ragione. Perdonami Nina» disse per assecondarla. Soffriva in maniera spaventosa.

«Ascoltami bene, Dimitri. Non puoi avermi come intendi tu e lo sai.»

«Ma lo vorresti?»

«Che importa cosa voglio io, amore mio. Sei così infantile a volte...»

Era di nuovo arrivato il suo turno per fare il biglietto. Dimitri provò a premere il tasto per avviare la procedura della stampa ma era così confuso che ci rinunciò subito. Di nuovo uscì dalla fila, la risalì tutta e si accodò dietro all'ultimo. Le persone lo guardarono incredule, qualcuno rise divertito, ma a Dimitri importava ben poco. Abbassò la voce e si mise a fissare le scarpe che da quando era partito non aveva ancora tolto.

«Però vediamoci ugualmente, stasera.»

«Te l'ho detto, sono con i russi. Finiamola qui, per favore.»

«Ma io ti amo» disse, disperato.

L'ometto davanti a lui si voltò a guardarlo scandalizzato, ma Dimitri ignorò anche lui.

«Nina ci sei ancora? Hai sentito cosa ti ho detto?»

«Sì, ho sentito. Anch'io ti ho amato però adesso dobbiamo guardare avanti. Lo so che capisci. Vero che mi capisci?»

«Sì» sussurrò.

«Magari può capitare di incontrarsi di nuovo. Per caso. Può succedere.»

Nella testa di Dimitri era successo tante di quelle volte.

«Però ti prego» continuò lei. «Non chiamarmi più. D'accordo?»

«Finisce così?» chiese lui, terribilmente rassegnato.

«Così. Nel migliore dei modi, credimi. Ciao, amore mio.»

La comunicazione si interruppe.

Dimitri guardò il telefono. Nina gli aveva riattaccato? Era forse caduta la linea? Pensò di richiamarla, ma era di nuovo il suo turno per fare il biglietto.

La zingarella stava ancora lì, appoggiata al muro vicino alla macchinetta. Adesso osservava Dimitri, lo studiava, seguiva tutti i suoi movimenti.

Dimitri cercò nelle tasche delle monete. Non ne aveva abbastanza per fare il biglietto, allora prese il portafogli. Gli occhioni neri della zingara si allargarono. Lui aspettò rassegnato che iniziasse il suo attacco, una tortura che non si poteva evitare e che infatti non tardò.

«Ha bisogno di monete, signore?»

Dimitri sfilò una banconota da dieci euro e la inserì nella macchinetta che la risputò come fosse carta straccia. Ci si metteva pure quello stupido arnese a congiurare contro di lui. Provò e riprovò, imperterrito.

La zingara tirò fuori dieci euro da sotto la maglia sdrucita. Era davvero piena di risorse.

«Facciamo a cambio. Forse i miei soldi entrano» insistette lei.

«No, vattene» disse Dimitri, mentre la macchinetta

continuava a non accettare i suoi soldi. Le mani avevano preso a tremargli vistosamente.

La bambina sogghignava, si faceva scherno di lui e Dimitri provò vergogna di se stesso. Una signora dietro cominciò a sbuffare in quel modo tipico che hanno i francesi di sbuffare.

«Ma perché non prova con un'altra banconota?» chiese.

Dimitri si voltò lentamente verso la donna.

«Se ne avessi un'altra ci proverei.»

La signora fece un'espressione estremamente scocciata e si spostò sull'altra fila.

Perché Nina lo aveva scaricato in quel modo? Cosa aveva sbagliato? Le aveva fatto regali bellissimi, l'aveva portata a cena nei posti più esclusivi, l'aveva fatta ridere e ballare.

Si era semplicemente stancata di lui. Perché le donne fanno così, si stufano. Hanno quegli sguardi che ammaliano, fanno di te ciò che vogliono e tu ti umili per loro e sei contento di farlo. Poi un giorno cambia qualcosa: i tuoi regali e le tue attenzioni non hanno più effetto. Non sai più cosa passa loro per la testa, non sei capace di interpretare certe espressioni sfuggenti. Sono un chiaro segnale ma tu non lo sai leggere, non vuoi leggere. Ti guardano divertite mentre tu strisci ai loro piedi, mendicando attenzioni e affetto, poi a un certo punto non si divertono più. Allora ti danno il colpo di grazia: ti schiacciano come una cicca.

«Prenda i miei dieci euro, vedrà che entrano.»

Perché la zingarella insisteva così? Come poteva pensare che Dimitri avrebbe accettato i suoi luridi soldi falsi? Forse perché, anche se così piccola, la vile natura femminile era già insita in lei; quell'istinto primitivo, la capacità di riconoscere al volo il maschio succube, del quale si può fare tutto ciò che si vuole. Umiliato e tremante, piantò macchinetta e zingara e pestando i passi raggiunse la fila della biglietteria. Dietro il vetro una grassa donna di colore distribuiva biglietti e prendeva soldi con una lentezza difficilmente tollerabile.

Dimitri dovette controllare di nuovo l'ora: stava accumulando un bel ritardo, ma adesso sembrava non interessargli più. Ogni cosa aveva un senso diverso da qualche minuto a questa parte. Guardava la gente scendere le scale della metropolitana, grondare acqua dai soprabiti e dai capelli, insudiciare il pavimento già così orrendamente lercio e sentì il bisogno impellente di andar via da lì, riemergere dal sottosuolo, ritrovare presto la luce naturale della sera. Non lo fece perché il buon senso come sempre ebbe la meglio su di lui.

Quando finalmente ottenne il suo biglietto, si infilò nel labirinto di corridoi in cerca del binario. Si mise ad aspettare il treno in piedi, tra le decine di persone che affollavano il marciapiede, cercando di non sfiorare il muro piastrellato e agognando un posto a sedere che probabilmente non avrebbe trovato nemmeno sulle carrozze. Si sforzava di non pensare a niente, di tenere la mente a riposo, ma ci riusciva a stento. Aveva da qualche minuto una sensazione di disagio che lo stipava ancor più dentro il suo cappotto. Cercava di capirne l'origine, la conosceva, ma era come se gli sfuggisse. Si guardò intorno senza sapere bene cosa cercare e non smise finché non incontrò di nuovo gli occhi malefici della zingarella. Eccolo lì il motivo del suo disagio. Lo aveva seguito, volutamente, e adesso lo sfidava a una gara che già sapeva essere impari. C'era in quello sguardo la superiorità del boia che fa il suo mestiere con piacere godereccio. Tutto in quel corpicino sgraziato emanava un senso di potere tipico di chi non ha niente da perdere. Sicuramente alla bambina era toccata in sorte quella vita randagia, non aveva potuto scegliere, come del resto Dimitri non aveva scelto di nascere benestante. Ma era certo che la zingara non avrebbe mai cambiato la sua vita con una più agiata. Non avere niente, talvolta, è un vantaggio.

La zingara lo avrebbe seguito (chi poteva impedirglielo?), spingendo il suo disagio fino all'estremo. Non avrebbe saputo seminarla, tanto lei era scaltra, non aveva abbastanza astuzia per competere con quella figlia della strada.

Dimitri cominciò a sudare. Si allentò la cravatta che gli strizzava il collo. Tornò a guardare la bambina ma lei non c'era più. Dette un'occhiata tra la folla che adesso occupava ogni centimetro di marciapiede, tutti in attesa di quel maledetto treno che non si decideva ad arrivare.

Provò a immaginarsi che fosse andata via, impegnata a infastidire qualche altro disgraziato, ma non riuscì a convincersi. Lei era lì, da qualche parte, la avvertiva, sentiva il peso dei suoi occhi che gli comprimevano il petto. Forse in quel momento lo stava toccando, era proprio addosso a lui. Come avrebbe potuto accorgersene, strizzato com'era tra la gente? Avrebbe potuto derubarlo: tutta quella confusione era un'occasione ghiotta per appropriarsi di orologi e portafogli. Automaticamente la mano corse verso la tasca interna del cappotto e in effetti la trovò vuota. Il suo portafogli non c'era più. Avvampò. Cominciò a frugarsi nelle altre tasche, frenetico, già consapevole che tanto non l'avrebbe trovato.

La zingarella era riuscita a fargliela sotto il naso.

Tutte le sue carte di credito, i documenti, i numeri di telefono. Dentro il portafogli c'era la sua vita, o perlomeno questo pensò sul momento.

Si guardò intorno allucinato. Cominciò a girellare per il marciapiede gremito, spingendo e calpestando piedi. Sicuramente la birbante aveva già guadagnato l'uscita. Allora anche Dimitri si avviò verso le scale e lei era proprio lì, appoggiata al muro, le mani incrociate dietro la schiena. Non era scappata dunque; passava in rassegna le persone, sembrava quasi annoiata. Dimitri si fece spazio tra la gente e la raggiunse, il volto contorto dalla rabbia. Lei non mostrò nessuna forma di timore.

«Restituiscimelo» le urlò.

«Cosa vuole da me?» disse la zingara.

«Dammi il mio portafogli.» Era inferocito.

«Non so di che parla.»

Il treno stava arrivando e Dimitri non aveva nessuna intenzione di perderlo, doveva fare in fretta. La sua priorità in quel momento era recuperare il portafogli e andarsene da lì immediatamente. Afferrò la bambina per le braccia e cominciò a scuoterla.

La zingara rimase impietrita, si lasciava sballottare; tutta l'arroganza sparita in un attimo. Poi però prese a divincolarsi come un'indemoniata e riuscì a liberarsi della stretta di Dimitri. Corse verso l'uscita ma le persone ostacolavano la sua fuga, Dimitri le stava alle calcagna. Disperata, si rifugiò in un cunicolo sotto le scale. Era in trappola. Lui la raggiunse in un attimo.

«Dove pensavi di scappare, zingara di merda.»

La bambina era rannicchiata contro l'angolo, terrorizzata e muta. Dimitri le fu sopra e prese a toccarla ovunque, tastava quel corpo acerbo senza nessun riguardo, in cerca del suo portafoglio, mentre lo stomaco si contraeva per lo schifo.

La bambina non si difendeva quasi più, sembrava non avere più forze e piangeva sommessa. A Dimitri tutto quel frignare dava sui nervi, lo deconcentrava. Gli urlò di stare zitta. E siccome la voce che uscì non gli parve per niente la sua, si guardò intorno come a cercare l'autore della frase. Fu in quel momento che si rese conto che delle persone lo stavano guardando.

Un omone si avvicinò a Dimitri.

«Che gli stai facendo?» chiese, indicando la bambina.

«Questa zingara mi ha rubato il portafoglio» disse.

«Levale le mani di dosso, maiale.»

L'uomo lo agguantò per le spalle e scaraventò Dimitri a terra. Lo schianto fu abbastanza violento da lasciarlo per un attimo tramortito.

Dimitri, disteso sul pavimento come un verme caduto dalla foglia, pensò con spavento che il suo cappotto si stava sicuramente inzaccherando e che non ne aveva un altro di ricambio. Doveva alzarsi immediatamente, ma un calcio lo raggiunse alle costole. Rimase senza fiato e si contorse dal dolore.

«Ti piace molestare le bambine, brutto maiale?» gli urlò l'uomo.

«Schifoso» gli disse qualcun altro.

Un tizio piuttosto distinto in trench marrone gli sputò addosso. Una signora anziana cominciò ad accanirsi contro di lui, per quanto le concedevano le forze, con calci e schiaffi. Quante persone lo guardavano da sotto in su in attesa del proprio turno.

In quel momento Dimitri razionalizzò che la folla si stava preparando a linciarlo.

Avrebbe potuto difendersi, ribadire che stava solo cercando di recuperare il portafogli che la zingara gli aveva appena rubato, ma la massa inferocita non si doma con le parole. La rabbia acceca, va fatta sfogare. Steso in terra, col suo cappotto orrendamente impiastricciato, capì che sarebbe morto lì, massacrato nel sottosuolo parigino. Pensò che in fondo era normale, che nella vita non si fa altro che aspettare quel momento. I modi sono innumerevoli ma la fine è un destino che accomuna l'umanità. Lui sarebbe morto pestato a sangue da una folla imbestialita. Pensò a come avrebbe preso la notizia Nina, abbandonata nel suo letto con le lenzuola di seta. A come avrebbe reagito sua sorella apprendendo il fatto dalla loro casa in centro a Firenze. Scoprì con rammarico che non gli importava niente della reazione di Nina, né tantomeno di quella di sua sorella. Proprio come sull'aereo adesso gli pareva di non desiderare altro che morire: la morte che viene a salvare. Si abbandonò sul pavimento, nel naso l'odore oleoso delle rotaie e in bocca un sapore di metallo. Si rannicchiò su se stesso, prese la testa tra le mani e aspettò. Ma non successe niente. Rimase ancora qualche secondo in attesa, poi dovette aprire gli occhi e guardarsi intorno. Il marciapiede era quasi vuoto. I suoi aggressori non lo consideravano più, occupati a tentare di salire sul treno già pesantemente stipato. L'energia che aveva alimentato la loro furia assassina adesso era tutta convogliata nel tentativo di non rimanere a terra. Fu un'impresa faticosa ma alla fine il treno riuscì a portarsi via fino all'ultima persona. Nel frattempo dagli ingressi laterali stava arrivando nuova gente. Dimitri allora, ormai consapevole che la sua morte era stata probabilmente rimandata, si affrettò a rimettersi in piedi. Si buttò a sedere su una panchina perché le costole gli dolevano tremendamente. Controllò il cappotto che ovviamente si era tutto sporcato e in un punto si era pure strappato. Cercò il fazzoletto nella tasca dei pantaloni ma in mano si ritrovò il portafogli. Lo guardò a lungo, se lo rigirò tra le mani, come se non fosse stato il suo. Che buffo. Era ritornato al suo posto.

Si voltò a cercare la zingarella. Era ancora lì, appoggiata al muro. La folla si era dimenticata anche di lei. Lo fissava turbata, non c'era più arroganza né scherno, sul suo viso. Era solo una bambina del resto.

Dimitri le sorrise. Le mostrò il portafogli.

« Come hai fatto? » chiese.

La zingara alzò il mento. « A far che? »

« A rimettermelo dentro la tasca senza che me ne accorgessi. »

Lei allora lo guardò sdegnata. Si batté l'indice sulla tempia come a dire che era matto e corse su per le scale.

# MARTA MORAZZONI

## *La casa vuota*

Era un carattere riservato, poco propenso a esprimere opinioni e a parlare di sé. Professionalmente godeva di non poca stima, ma nel corso degli anni non aveva allacciato che poche e formali relazioni sociali. Preoccupava quel suo sguardo ora fisso, ora di inquietante mobilità. Sicché quando, una sera, bevendo un cognac nel salotto di un hotel dopo una cena di rappresentanza, se ne uscì con una sorta di sospiro, e i due colleghi giovani seduti accanto a lui azzardarono un «Qualche ricordo, professore?» pensarono di aver fatto un passo falso, che pure suscitò un sorriso e attizzò quel suo sguardo stranamente acceso e fisso oltre i due commensali, oltre le pareti della sala.

«Sì, ma non è precisamente una memoria lontana. In realtà questa è una traccia che passa a lato del tempo. Non è davvero una memoria, è il presente. Un presente continuo.»

I due, prima di poter aggiungere una qualsiasi sollecitazione a quell'avvio, si accorsero di non essere più nel cono d'attenzione del loro anziano collega e che proprio il loro dissolversi dal suo campo visivo gli permetteva di muoversi senza intralci verso il territorio della memoria presente. Senza preamboli.

«La mia ultima sera a Milano» e li guardò che pareva sfidarli.

Fui accompagnato in auto all'ingresso di una casa ancora disabitata. Potevano essere le nove o forse le dieci di una sera d'inverno. Ho ancora nell'orecchio un tintinnare di chiavi e il cigolio cedevole del cancelletto. Poi lo stesso tintinnio, due mandate di serratura e la porta che gira senza sforzo sui cardini. La voce del mio accompagnatore.

«Il riscaldamento è stato acceso solo questa mattina. Di buon'ora però. Sebbene può darsi che non sia ancora riuscito a portarsi in temperatura in tutti gli ambienti, soprattutto nell'atrio... talmente alto! Ma le camere spero proprio che siano già calde» disse il mio accompagnatore.

«Oh, non importa molto. Credo che dormirò vestito, e il cappotto è pesante abbastanza. Mi basta in realtà sdraiarmi qualche ora.»

«Tutto il tempo che vuole e, come le dicevo, questa casa è il posto più protetto che io possa offrirle. Qualche ora, se crede, ma se avesse in mente, se avesse bisogno di rimanere per qualche giorno, supponiamo... a nessuno passerebbe per la testa di cercarla qui.» E intanto aveva acceso una piccola luce all'ingresso, una lampada schermata che apriva uno scorcio ai piedi della scala che portava al primo piano.

«L'accompagno di sopra, nella camera che potrà occupare, il letto è fatto, in casa non manca nulla. Ma se preferisce, c'è un divano comodo e le coperte sono nell'armadio. L'aiuto a cercarle.» Salendo, accese un'altra luce schermata e spense la lampada dell'atrio, così che il grande spazio fu inghiottito nel buio. Io ero davvero stupito di quel che stavo vedendo.

«Non immaginavo una casa così fastosa.»

«Non è il termine giusto. A suo modo è essenziale.» E poiché lo guardavo incredulo: «Lo ammetto, tengo molto a questa definizione».

«Evidentemente abbiamo delle idee diverse sull'essenzialità. Ma va benissimo, è naturale: quello che vedo è comunque molto... sì, molto sobrio. Finirò per darle ragione.» Mi tolsi dall'imbarazzo con un colpo di tosse. «È singolare che le abbiano lasciato le chiavi per un certo tempo.»

«Sì e no. In realtà, la casa è vergine, non ci ha ancora abitato nessuno, anche se è pronta in tutti i particolari, persino l'argenteria. La consegnerò ai proprietari solo quando lei se ne sarà andato. È una pura coincidenza, ma sono felice che possa esserle di aiuto.»

«Insisto: sarà domani mattina. Non mi piace approfittare di altri, tanto più in questo caso, anche se per necessità devo accettare...»

Era un piccolo appartamento nel cuore della villa quello che si aprì oltre una delle porte affacciate sul corridoio del primo piano: un salottino, una camera da letto dominata dal cretonne colorato e, schermati dietro un paravento, spogliatoio e porta del bagno. Mi ritrovai a sorridere tra ironia e imbarazzo, mi parve di essere accolto negli appartamenti privati di una donna. «Capisco che potrei essere tentato di fermarmi qualche giorno» dissi.

«Lei sarà abituato ad alloggi non meno efficienti di questo.»

«Non parlo di efficienza. È una questione, in ogni modo, di qualità, di intimità. I miei complimenti, architetto.» E l'architetto chinò la testa ricevendo l'omaggio che si aspettava. Intanto, da pratico, verificava che tutto funzionasse, luci e acqua.

«Usi tutto quanto le possa occorrere. Alla sua partenza, quando vorrà», lo disse accompagnando la frase con un gesto della mano che sottintendeva ogni possibilità, «passerà una donna a rimettere tutto a posto e i padroni di casa, quando ci entreranno, non troveranno traccia di nulla. Non sapranno mai di averla ospitata. Sebbene saperlo non potrebbe che essere una ragione di meraviglia e orgoglio.»

Gli risposi a labbra strette: «Temo che non la pensiamo allo stesso modo su alcuni argomenti, i suoi committenti e io. Forse nemmeno lei... che pure è così sollecito con me.»

L'architetto evitò di raccogliere la mia considerazione. Girò uno sguardo compiaciuto sulla stanza e, contento di sé, visibilmente, disse: «Mi piacerebbe bere qualcosa con lei, prima di lasciarla. Ho portato quello che occorre, se le va un bicchierino prima di salutarci». Dalla tasca del cappotto tirò fuori una piccola bottiglia di cognac francese.

«Di questi tempi, un liquore poco patriottico!» commentai.

«Vero, ma la situazione è particolare, e l'aspetta un lungo viaggio, una nuova vita probabilmente, e per noi, per me che la conosco e la stimo, c'è il rammarico di quello che qui perderemo, la sua qualità professionale, innanzitutto» e stava per aggiungere qualcosa con studiata malinconia.

«Di sicuro farà bene contro l'umidità di questa notte» tagliai corto.

«Sì. Questa è la ragione prima. Prego, scendo a prendere due bicchieri.» Sentii i passi che si allontanavano lungo il corridoio.

La casa era enorme e l'architetto sembrò essersi inabissato in un nulla da cui forse non avrebbe più fatto ritorno. I cinque minuti che passarono, forse meno di cinque, sapevano di eternità. Mi avvicinai a una finestra e scostai le tende, ma mi ritrassi come per un colpo di frusta bene assestato: le tapparelle chiuse mi fecero l'effetto di un'offesa. Lasciai cadere la tenda e in quel momento sentii di nuovo in corridoio i passi dell'architetto. Risaliva dal buio del pianoterra, portando con sé due ballon di cristallo che reggeva con cura preoccupata. Versò il cognac e intanto sogguardava i bicchieri con aria esperta.

«Questi sono della padrona di casa, storie di loro viaggi, anni fa, in Boemia. Lei e il marito. E lei ha comperato da Moser, a Karlovy Vary, o a Praga, non ricordo. Acquisti da avveduta. Ha un gusto sicuro, e non parlo solo della cristalleria o dell'arredo, è donna di... una donna rara.» Chiuse l'argomento con un accenno di voce appena rauca. Quindi, ancora in piedi, bevve il suo cognac con compostezza ma d'un fiato, come se libasse a una divinità, mentre io lo sorseggiavo. Era di ottima qualità e il caldo del liquore fece un effetto più immediato del tepore ancora incerto dei radiatori; ci guardammo in faccia per renderci conto che le distanze si erano accorciate, o almeno si poteva crederlo per il tempo in cui quel calore ci invadeva e si traduceva nel bisogno di parlare. Così l'architetto si sedette di fronte a me su una bergère di velluto chiaro, sempre con il bicchiere in mano, appoggiò la nuca allo schienale e accavallò le gambe. Portava delle magnifiche scarpe di fattura inglese.

«Passerà per la Svizzera la sua...» Stava per dire fuga, immagino, ma si trattenne e cercò di modificare in fretta. «... il suo viaggio?»

Non volevo parlarne, e distolsi lo sguardo dall'architetto, lo rivolsi alla finestra dalle tapparelle ben chiuse, poi vagai lungo le pareti su cui campeggiavano pochi quadri, per lo più litografie che, anche nella poca luce, mi parvero di un bel livello. «E chi ha voluto queste opere?» chiesi senza raccogliere la domanda del mio ospite. «È sempre il gusto della padrona di casa? Lo stesso buon gusto dei bicchieri di Boemia?»

«No, ecco, no. Qui... sono contento che lei apprezzi le poche cose che vede qui. Questo significa che sono stato un buon consigliere.»

«Ah! È stato lei a scegliere! La qualità del suo lavoro, qui dentro, e in più il gusto artistico di queste cose: sono stati fortunati, o molto oculati, i suoi committenti. Oltre che molto ricchi, immagino.»

«Si tratta di una famiglia che ha fatto una fortuna, una fortuna industriale, e la spende bene. In cose solide. Vede, questo è un paese in cui ai meriti corrisponde un riconoscimento, una, come dire?, una convalida. Non si lavora per nulla, si costruisce. In questa città... ma io parlo a uno che se ne sta andando, che non vede l'ora di essere altrove. O sbaglio?» Si fermò pensieroso, forse gli venne in mente che avevo superato con destrezza la sua domanda sul viaggio cui mi accingevo. Riconosco che, nonostante l'aiuto che da lui stavo ricevendo, lo consideravo pericoloso. Involontariamente. Sapere qualcosa e farselo sfuggire in società, durante una chiacchierata, non ci vuole nulla. Poteva essere una prudenza esagerata la mia, lo sapevo, ma la prudenza in certi casi è sempre una buona ragione. Una ragione che si poteva capire benissimo. Eppure credo che lo stesso la cosa lo ferisse. Allungò il braccio verso la piccola bottiglia appoggiata sul tavolino tra le due poltrone.

«Un altro sorso, magari?», perché gli dovette parere di riuscire così a trovare lì di nuovo il calore delle prime parole, e la stessa larvata confidenza.

«Non vorrei tenerla qui più di tanto. Lei è una compagnia molto gradevole, e in una sera di congedo, poi, riconosco che non essere del tutto solo è a suo modo un conforto. Ma...»

«Allora un secondo bicchiere. E questa volta beviamo al suo futuro, in terra straniera...» Si fermò sospeso, col bordo del bicchiere quasi appoggiato alle labbra, poi lo allontanò. «... straniera non è una parola confortante. Non è nemmeno il tema di un bell'augurio. A essere sincero, mi fanno pena quelli che se ne vanno.»

Allora toccò a me irrigidirmi, non mi era piaciuta quell'ultima considerazione e non mi andava di esserne l'oggetto. Cercai sulla poltrona una posizione un po' meno comoda, mi misi guardingo e pronto a respingere non fosse che l'urto delle parole. Eravamo persone per bene, non si trattava che di parole, certo. E nondimeno avevano il loro peso. Si era allargato tra noi un silenzio che dava voce ai rumori della casa, un grosso corpo che pulsava e respirava. Nessuno di noi due si curò più del bicchiere che aveva in mano ancora pieno e quel tepore di solidarietà che stava tra noi, una solidarietà provvisoria, parve meno percettibile, per non dire che era perso quasi del tutto. Rimaneva la buona temperatura dei radiatori, un calore oggettivo su cui riflettere a paragone dell'instabilità delle correnti di simpatia umana. Della simpatia umana si può anche fare a meno, mi dissi, e guardai con distacco l'architetto. Vero che gli dovevo un rifugio in una notte difficile, e la riconoscenza per quel suo gesto non sarebbe mai venuta meno, immaginai che in futuro, e da lontano, avrei mantenuto una buona memoria della disponibilità dell'uomo elegante seduto di fronte a me, nonostante tutte le divergenze. Evitai di guardarlo negli occhi.

«Io me ne vado volentieri» dissi. «Sono convinto che mettere radici nel posto sbagliato non faccia bene. Sono già un estraneo qui, e ora. O dovrei dire straniero, non crede? È la ragione per cui non indugerò più del necessario in questa sua bellissima casa. Tutto quello che le sta attorno mi rende straniero.»

«Bene. Se per lei è così» e risollevò il bicchiere ancora pieno, «al suo destino futuro allora! E a me, anche a me che rimango qui, comunque. Ora la lascio riposare, o non sarà servito a niente procurarle questo appoggio.» Si alzò e girò intorno lo sguardo: era tutto visibilmente a posto. «Le lascio la bottiglia di cognac, potrebbe averne bisogno nel caso i radiatori non scaldassero a sufficienza.»

«Ma no, va bene così. E poi non vorrà che mi avventuri ubriaco fuori di qui!»

L'architetto sorrise, fece un gesto vago, di diniego, ma riprese la bottiglietta. «Ho solo qualche indicazione per quando, appunto, uscirà. Ora io chiudo tutto ermeticamente. La casa dall'esterno pare sigillata. Avrà visto anche lei che nessuna tapparella è alzata, le grate del pianoterra sono chiuse. Per uscire lei passerà dalle cantine, dove troverà un pulsante che apre la porta del garage; si richiuderà da sola dopo pochi secondi dal suo passaggio. Dà sulla via parallela a quella da cui siamo entrati. Non so come da qui vorrà arrivare in stazione, con che mezzi. Io mi terrò lontano per prudenza, diciamo fino al pomeriggio di domani, se lei è certo di voler partire in mattinata.»

«Senza dubbio.»

«Ancora una cosa: la prego, non usi il telefono, questa sarebbe una traccia, mi capisce?» Naturale che capivo. L'architetto sembrava incerto, come se gli mancasse qualcosa, qualche dettaglio rimasto in un angolo della memoria. Infine si risolse ad andarsene. Una stretta di mano vigorosa, che voleva essere un ripristino di simpatia dopo un momento di dubbio, l'augurio di tanta fortuna e, preso il cappotto che aveva lasciato su una sedia, uscì dal salottino. Sentii il rumore della porta e del portone d'ingresso chiuso da tre mandate di chiave. Poi più nulla. La luce di quella specie di boudoir era fioca, pareva un angolo per appuntamenti molto riservati e, per qualche ragione, equivoci. Era tardi, notte fonda, e le ore da trascorrere lì ormai poche; in quel momento mi domandai perché mai avessi accettato l'offerta di un tale rifugio. Mi rammaricai della debolezza. Mancavano in città alberghi anche modesti, in cui nessuno avrebbe fatto caso al nome scritto sui documenti? Controllai che nella tasca del cappotto ci fosse il portafoglio giusto con quei documenti, falsi, e il biglietto del treno per Berna; mi accorsi che le mani, nel frugare in tasca, tremavano un poco.

« A cosa devo l'onore della sua presenza qui? »

Sussultai, e non mi riuscì nemmeno di volgermi subito verso la voce femminile, dal timbro profondo, che mi aveva rivolto la domanda. Con gli occhi fissi sul portafoglio che tenevo ancora in mano, avvertii che qualsiasi movimento mi sarebbe stato faticosissimo.

« Allora? »

Allora mi girai e nella penombra individuai una figura scura, su cui si stagliava un punto di luce, doveva essere un gioiello all'altezza del collo, una grossa pietra.

« Come... come è entrata qui? » le chiesi con voce incerta. Incerta per lo spavento e in dubbio sul mio diritto a rivolgere una tale domanda.

« È la mia casa, e questa per la precisione è la mia stanza. » Si fece avanti, con un passo morbido, il tailleur sottolineava una bella figura, sotto un feltro piccolo un caschetto di capelli scuri e una faccia minuta. Io guardai d'istinto il bicchiere rimasto sul tavolino a fianco della poltrona. La signora dei cristalli di Boemia. Rimaneva sempre lievemente fuori dal cerchio di luce della lampada e quel che si scorgeva della sua fisionomia era impreciso.

«Se questa è la sua stanza» ripresi con difficoltà, «sono confuso davvero, e sono in torto. Me ne vado immediatamente.» E mi stavo girando a raccogliere il cappotto, con la sensazione che qualsiasi altro luogo, anche una panchina sul bordo di una via, i gradini di una chiesa, qualsiasi altro luogo sarebbe stato meno inquietante.

«Lasci perdere di scappare così di furia. Non c'è urgenza. Sebbene anch'io potrei essere curiosa di sapere come lei sia arrivato qui.» Lanciò una piccola borsa sul divano. Ne uscì la chiave di un'auto. Era entrata dal garage, forse, ma, per quanto fosse grande la casa, come poteva essere che non avessi sentito nulla, nessun rumore di porte o serrande o passi sulle scale? E nemmeno adesso, sul legno del pavimento, i passi di lei facevano rumore.

«È entrato, ha bevuto» si chinò verso il bicchiere, lo prese con la mano guantata, lo accostò al naso «cognac. Immagino che non ne abbia avanzato.»

«In effetti no. Cioè, non era mia la bottiglia.» E mi fermai sull'orlo del tradimento verso l'architetto che mi aveva portato lì. Incauto anche lui.

«Davvero? Non mi pareva che in casa tenessimo cognac. Non importa, ci sono cose che ignoro del tutto quanto al menage di questa reggia. Me ne tengono fuori, e non ho nulla da obiettare. È tutto talmente grande qui e tutto in perfetto ordine. Il suo cappotto per esempio, a rigore, starebbe meglio appeso a una gruccia nello spogliatoio. Ma non parlo per me, lasci stare, davvero. L'ordine non è stato mai un mio puntiglio.» Si sedette sulla poltrona che aveva occupato l'architetto, accavallò le gambe scoprendo un ginocchio. Mi sembrò una donna non più tanto giovane. La osservai per quanto la luce scarsa mi permetteva di vedere, poco e male, ma dai gesti, dal tono di voce la si poteva riconoscere come una persona di un ben preciso ceto sociale, con un appena governato taglio di arroganza nei modi.

« Io preferirei andarmene subito, a dire il vero, tanto più che non posso nemmeno giustificare la mia presenza qui, se non, temo, facendo un danno. »

« Un danno al signor architetto? È lui che l'ha portata qui, lo so; ha in mano le chiavi e si sente ancora un po' padrone di questa sua magnifica creatura. Almeno fin quando la creatura non comincerà a funzionare. »

« Non volevo tradire, mettere nei pasticci nessuno. Sono stato aiutato e non posso che essere riconoscente, per la mia parte e per quello che so. »

« Naturalmente. Lei è un uomo in fuga, è in un momento molto critico. Se ne va così di carriera, da non avere nemmeno un bagaglio minimo con sé. Io non ci sarei mai riuscita. I miei complimenti. »

« Preferirei che dicesse esilio, invece di fuga. » Non la vedevo meglio di prima, ma la guardai con intensità, cercavo di capire: era così in confidenza con l'architetto, questa donna? La sua amante? E di nuovo mi ricordai del tono sospeso e ammirato con cui mi aveva parlato della futura padrona di casa, i bicchieri di Boemia, uno era ancora lì sul tavolino e lei lo aveva preso in mano... Ma perché non dirmi che anche la signora era al corrente? E poi, poi non era detto che fosse al corrente: si era meravigliata di trovarmi lì. Sì, ma senza spaventi, senza un grido di sorpresa, e poi pareva così ben informata della mia segreta partenza. Come diavolo lo sapeva? Ora rimaneva lì seduta, le gambe accavallate, a suo agio, forse, o forse era un po' sofferente. La testa ripiegata da un lato e la mano che passava sulla tempia mi fecero pensare a un malessere non ostentato. Non doveva essere un tipo querulo. In una situazione di minor imbarazzo confesso che mi sarebbe piaciuto intrattenermi con lei. Presi dallo schienale della poltrona il cappotto.

«Ma cosa fa? E dove pensa di andare a un'ora così tarda? Il suo treno, per Berna vero?, parte alle otto e venti, e io non ho nulla da obiettare se lei rimane qui ad aspettare il momento della partenza. Il letto, di là, è a sua disposizione. Io non ne ho proprio bisogno.»

«Berna?!» e la guardai trasecolato.

«Non è così, forse? Anzi, è così di sicuro. E appena ci arriverà, dovrà rifarsi il guardaroba.» Si mise a ridere. «Sa che la invidio? No, non per Berna, ma rifarsi il guardaroba è un'attività che mi è sempre piaciuta molto.»

«Io sono sconcertato. Lei sa cose che immaginavo di aver tenuto molto riservate. Neanche l'architetto...»

«Non se ne deve preoccupare. Non sono pericolosa. D'altro canto, da un certo punto in poi la riservatezza non esiste più. Si accorgerà anche lei quanto poco importi infine. È ridicolo come si passi la vita a nascondersi agli altri, e gli altri in realtà sono solo in superficie interessati. E poi si dimenticano. Voler sapere degli affari altrui è una questione di mero egoismo: la curiosità è un piccolo piacere, una volta soddisfatto» e fece con la mano un gesto di sprezzo «si passa ad altro.

Anche la crudeltà è superficiale, a volte. Adesso lo so molto bene.» Rimase zitta, chiusa.

«Per quanto balorda sia la situazione, io dovrei presentarmi» le dissi.

«O mio Dio! Ha capito di certo, no?, che io so chi è lei. Ma se è un modo per dirmi che dovrei presentarmi io, allora... tutto questo è talmente formale, in un momento in cui, né per me né per lei, la forma dovrebbe contare più.» Silenzio, un respiro profondo. «Sono stanca, e in realtà sono qui solo di passaggio. È la mia camera, ma non la occuperò, mi basta godermi la poltrona, per un po'. È la sola cosa che ami qua dentro. La sola cosa che non sia nuova, come invece tutto il resto che qui è sapientemente» rimarcò con scherno l'avverbio «raccolto. L'ho voluta io questa poltrona, anzi l'ho imposta contro il regime dell'architetto, a suo dire è stonata, può darsi. La mia è una ragione diciamo sentimentale. Una vecchia storia d'amore che non è andata bene, non per colpa nostra, di me e di lui voglio dire. Qui ho pianto tutte le mie lacrime a suo tempo. Acqua passata, qualche tempo fa.» Tirò il fiato. «Ma dal momento che non mi rimaneva che questo oggetto per segno tangibile, l'ho voluto. Con buona pace di tutti. Il resto della camera è vergine. Scommetto che l'architetto ha usato la parola 'vergine' per definire questo suo gioiello, tutta la casa. Vero?» e mi guardò a chiedere conferma: assentii senza aggiungere altro. La donna occupava con la sua presenza tutto lo spazio.

«Ha disegnato per me questa stanza da zitella, che non abiterò davvero mai.» Tacque, mordendosi il labbro, poi di colpo: «Io invece capisco che lei fugga da qui, no, mi scusi, mi ha detto che preferisce esilio, me lo ha detto chiaro: esilio. È tra i pochi che lo scelgono, mentre i tanti che di questi tempi ne parlano, alla fine, al dunque, non ne hanno né la voglia né il coraggio, non si rassegnano a perdere quello che hanno acquistato. Qualcuno fa finta di dire, a mezza voce, che siamo in stato di assedio, che ci comandano dall'alto, ma ubbidire in questo modo non costa più che tanto a nessuno. E ubbidiscono. Mia sorella, mio cognato, per esempio... No, signore, non sono io l'avveduta che ha comperato i bicchieri in Boemia. Quando uscirà di qua, dalla serranda del garage, giusto?, avrà modo di passare davanti alla carrellata di foto di famiglia, sono già state portate qui, non so ancora dove decideranno di metterle: se avrà voglia di dare un'occhiata, li vedrà, loro due, sulla tolda di una nave, da una balconata in montagna con il Cervino dietro le spalle, e accanto, sempre, qualche illustre pezzo grosso del momento. Qualche amico giusto. Lei non ha idea di quanto io detesti questa parola».

«Qualsiasi cosa l'abbia ferita, e credo di capire che sia stato molto grave, qualsiasi cosa fosse, potrei essere solidale con lei. Ma io vado in esilio, signora, l'ho scelto e nessuno mi obbliga, non ancora, mentre lei, che mi parla in un certo modo dei tanti che restano, anche lei... no?»

Alzò le spalle, parve di nuovo sprezzante, infastidita. Di nuovo chiusa nell'alveo della poltrona e nel semibuio di quella maledetta luce da boudoir. Stanza per una zitella.

«Quanti anni ha?» ma non mi aspettavo che mi rispondesse.

«L'ultima festa è stata per i trentacinque e non mi sono divertita. Mi hanno presentato almeno due buoni partiti e io in fondo sarei stata a mia volta, soprattutto per uno di loro, ancora un ottimo partito. Ma sono uscita indenne dalla serata. Non ci intendiamo, la mia cara sorella, suo marito e io, sul concetto di buon partito. Io avevo immaginato che potesse essere...» e sospese l'argomento con un colpo di tosse. «Insomma non importa più parlarne, è una storia noiosa e prevedibile. La famiglia di lui, la sua origine non erano consone ai tempi che corrono, e in qualche modo è stato indotto a cercare fortuna altrove, lui. Mentre io sono rimasta qui. Vogliamo dire che allora mi spaventava l'idea di rifare il guardaroba?» Cercò di ridere, e intanto mi guardava in tralice.

«Il suo buon partito era ebreo?» Ancora un gesto indolente e nessuna risposta. Poi, con un timbro meno frivolo: «Le consiglio di andare a dormire, di là: è tutto pronto, lenzuola, coperte. Se non ha una sveglia con sé, l'orologio sul tavolino accanto al letto funziona, basta caricarlo. Le tapparelle così chiuse non lasciano filtrare luce e potrebbe rischiare di non svegliarsi a tempo».

«Davvero non intendo rimanere. Non oltre questa nostra conversazione.»

«Dio mio, quante storie! Che stupidaggine farebbe a uscire di qui nel cuore della notte, lo immagina? Sono quasi le tre. A me la sua cavalleria, la discrezione non importano niente, non mi servirebbero. A me non serve in realtà proprio niente. Sto volentieri in poltrona ancora per un po', qui ora mi piace. Non credo che la disturbi» e allungò le gambe, si sfilò le scarpe e si sgranchì le dita dei piedi, dentro le calze di seta si vedevano le unghie ben tenute e laccate di rosso. Avrei voluto vederla in faccia, vederla bene, e invece captavo solo qualche frammento, il bagliore dei denti tra il rosso marcato delle labbra dipinte. Anche le unghie delle mani erano vistosamente rosse. Sul divano la piccola borsa semiaperta lasciava intravedere uno specchietto incrinato e qualcosa che poteva essere un portacipria. Mi accorsi allora che le chiavi dell'auto erano finite sul tappeto e mi stavo chinando a raccoglierle.

«Lasci stare, non tocchi nulla. Glielo proibisco» mi fermò con arroganza, alzando la voce irosa e sporgendosi rapida in avanti, così che la pietra, la prima cosa che avevo visto di lei, brillò più che mai. So solo che feci in tempo a cogliere per un attimo uno sguardo prepotente e ferino. Ebbene, di tutto quello che era successo da quando ero entrato in quella particolare casa, questo tono di comando mi parve quanto di più sgradevole e intollerabile, la misura del limite al di là del quale non accettare più niente. Niente ospitalità, niente generosità dall'alto. Mi tornò in mente l'osservazione dell'architetto: sarebbero meravigliati e orgogliosi di... ma figuriamoci! Arroganti e di razza padrona, comunque. E per quanto questa singolare donna ne prendesse le distanze, a quella razza apparteneva per natura, era anche lei di quelli che stanno dalla parte della prepotenza. Qualsiasi panchina di giardino pubblico, qualsiasi gradino di chiesa di sicuro sarebbe stato meglio del lusso fastoso di lì. Meglio del caldo dei radiatori e dell'aroma del cognac. La casa essenziale, essenziale! Come si fa presto a piegare il senso delle parole! Quella specie di essenzialità trasudava denaro e ipocrisia: la signora dei cristalli e questa vedova morale che aveva scelto la comodità dovevano somigliarsi molto, e non solo per essere sorelle. Tutto questo mi passò per la mente in una frazione di secondo. Mi voltai e nella penombra, quasi più al tatto, afferrai il cappotto, me lo infilai con un gesto risoluto, guardai intorno in cerca della porta che dava sul corridoio; nel poco tempo in cui ero rimasto lì, avevo perso il senso dello spazio. Le sibilai un irritato buona notte e feci in tempo a sentire la voce di lei, ridiventata ironica: « Mio Dio, quante storie! Non vedo perché... » Ma non c'era da discutere. Uscii senza chiudere la porta del salottino, infilai il corridoio, scorsi il luccicare del corrimano lungo le scale che scesi al buio; nel grande atrio, come se avessi ritrovato di colpo l'orientamento, mi riuscì di individuare la porta che doveva condurre in garage. Sotto, le bocche di lupo che illuminavano la cantina davano uno strano lucore all'ambiente, la notte non era proprio cupa come da dentro casa avevo finito per immaginare. Probabilmente passai accanto alle foto di famiglia già raccolte e ben ordinate alle pareti di quello che poteva essere uno spogliatoio. Raggiunsi la grande serranda del garage, vuoto, vidi il pulsante rosso dell'apertura automatica, lo schiacciai con forza e sentii il cigolio dei tiranti. Un attimo dopo ero fuori. E fuori, fatti pochi passi, mi raggiunse un concerto sommesso di voci, c'era gente oltre l'angolo del muro del giardino. Gente e un'auto con il muso fracassato contro lo spigolo di un palazzo. Era ancora notte e le persone attorno all'auto erano relativamente poche, aspettavano i vigili, qualcuno era andato a chiamarli.

«Se uno va fuori strada così, o è ubriaco o vuole ammazzarsi» sentii dire da un tale, che si era appena staccato dal fianco dell'auto e scuoteva la testa. Sull'auto c'era qualcuno. Si vedeva, male, una sagoma scura, riversa sul sedile di guida. Mi colpì un punto di luce, un gioiello all'altezza del collo, una grossa pietra. Sentii le gambe molli, una fitta al fegato e la trachea ingombra di qualcosa che non era aria. Mi voltai verso la casa da cui ero appena uscito e di cui si scorgevano le finestre del primo piano. Più sigillata di una bara. Cercai di guardare meglio la figura accasciata sul sedile dell'auto, il feltro sul caschetto di capelli. Mi ritrassi, o forse venni spinto indietro dalla piccola folla raccolta attorno all'auto. Mi sentii toccare la spalla da una mano energica, avrei dovuto spostarmi e invece mi ribellai sporgendomi di nuovo avanti, a ridosso della vettura, dentro cui guardai bene, quasi ficcando la testa nel finestrino rotto. Sentivo borbottare qualcuno, qualcuno ancora mi spingeva da parte.

«Là, in casa, non sono riuscito a vederla in volto.» Mi accorsi che parlavo a voce alta e qualcuno mi stava ascoltando.

«Quale casa? Quando?»

Risposi in modo automatico, senza curarmi di chi mi stesse interpellando. «Là» e indicai la villa chiusa, «cinque minuti fa, non di più, lei e io abbiamo...» Non mi passò neanche per la testa che quella fosse un'imprudenza. Non notai nemmeno il silenzio che si stava facendo attorno a me, una sorta di vuoto e io stavo al centro. Non esiste un centro nel vuoto, lo so, lo sapevo. Il vuoto è cosa di cui, umanamente vivi, non possiamo fare esperienza. Non potremmo farne esperienza, vero? Eppure io avevo percorso, attraversato un vuoto, lo avevo abitato per un tempo che non aveva nulla in comune con il tempo dei miei simili. Allora mi vidi avanti negli anni, vecchio, lucido, ma con una macchia sul campo illuminato della ragione, una trasgressione, come un immeritato peccato originale da cui non sapevo quale battesimo mi avrebbe mai potuto purificare.

« Vedete » e diresse di nuovo uno sguardo intimidatorio sui due ascoltatori « come io ricordo così bene i dettagli di quella notte. Pare strana, vero?, una memoria così puntuale. Di cui sono in assoluto certo. » E rise infine, rivolgendo a loro le pupille mobilissime e accese. Una sfida, dall'altra parte di un profondo crepaccio, a chiunque avesse il coraggio di fare il salto fino a lui!

I due giovani si guardarono, lo guardarono nel momento in cui lui distolse da loro gli occhi per fissarli davanti a sé, poi tornò repentino su di loro, come per sorprenderli, e di nuovo li abbandonò. I due si consultarono in silenzio. Appoggiarono i bicchieri sul tavolo, si alzarono con cautela, con cautela fecero un cenno di saluto e si ritirarono. Si volsero verso di lui, sulla soglia del salotto: sorrideva al vuoto.

GIANLUCA MOROZZI

## *Il chiodo*

Credi che sia matto? Io?

No, non sono matto. Neanche un po'. Picchiami in testa. Dai, picchiami, picchiami in testa, picchiami in testa!

Andiamo, su, da quant'è che ci conosciamo? Te ne staresti qui, in un parco pubblico deserto, a parlare con un pazzo conclamato?

Un colpo secco. Qui, sulla nuca. Ti prego.

Te lo chiedo per piacere.

Cosa ti hanno raccontato? Che sono impazzito? Chi te l'ha detto?

Ah. Gigio e Max.

Capisco.

Be', non sono impazzito. Sono lucido. Molto lucido. Anche troppo.

Ho un piano preciso per salvarci tutti.

E allora, ti prego, colpiscimi. Secco e preciso, proprio qui.

Perché lo chiedo a te? Perché, purtroppo, da solo non ci riesco. Ci ho provato, a pietrate, a martellate, ma l'istinto di conservazione trattiene la mia mano, e non riesco a percuotermi con forza sufficiente. È tutto inutile.

Picchiami qui.

Ti prego.

Salvaci.

Tutta questa storia è cominciata qui a Bologna, l'ultimo giovedì di agosto del 2011. Lo sai cosa succede a Bologna l'ultimo giovedì di agosto, no? C'è l'apertura della Festa dell'Unità, quella grande, al Parco Nord. È successo quella notte, e...

... ma aspetta, prima voglio parlarti di una cosa che ho letto in un fumetto.

Leggi fumetti? Io ho iniziato a fare la collezione dei Grandi Eroi Marvel, quelli con la «Gazzetta». E allora c'è un fumetto di un certo Garth Ennis... si chiama *Fury*, e l'ho riletto talmente tante volte che quella cosa lì l'ho imparata a memoria.

Ti dico questa roba, e poi ti racconto cos'è successo quel giovedì alla Festa dell'Unità.

Be', c'è questo personaggio che, a un certo punto della storia, riassume la guerra in Vietnam in cinque vignette. Il suo discorso, ogni tanto, lo ripetevo come il nero di *Pulp Fiction* – quello, dai, come si chiama? – ripeteva la parabola del furiosissimo sdegno.

Questo discorso lo declamavo nelle discussioni politiche con i capezzoni da vagone del treno, con i sandrobondi da ufficio postale.

Quando finivo la mia tirata, quelli stavano zitti un istante. Poi si riprendevano, borbottavano: Ma questo cosa c'entra?, e io scuotevo la testa e ghignavo: C'entra, c'entra.

Il personaggio dice:

«Lascia che ti racconti la mia favola preferita.

«Molte lune fa la più grande nazione sulla terra spedì delle spie in un piccolo paese, in una parte del mondo in cui voleva estendere la sua influenza. Le spie diedero un'occhiata in giro e tornarono per riferire ai loro capi quello che avevano visto.

«Il sud, dicevano, è pieno di vigliacchi pigri e corrotti che fuggiranno terrorizzati al primo segnale di guai. Ma al nord la popolazione è composta di contadini tosti, che combatteranno fino alla morte per quello in cui credono. Dovremmo sostenerli.

«Ma sono comunisti, dissero i capi.

«Sì, dissero le spie, ma non del tipo che ci preoccupa. I contadini non vogliono dominare il mondo come i sovietici. Vogliono soltanto vivere in pace e un po' di terra su cui crescere i loro raccolti e si attaccheranno a chiunque garantirà loro queste cose. Dovremmo sostenerli.

«Ma sono comunisti, dissero i capi.

«E quindici anni di soldati morti e fatti di droga e di enorme depressione interna dopo, le spie andarono dai capi e dissero: Complimenti, stronzi, un vero capolavoro di coglionaggine. Ve l'avevamo detto che dovevamo appoggiare il nord.

«Ma, dissero i capi, sono...»

E poi, nella vignetta dopo, lui conclude:

«La parola più terribile nella loro lingua.

«Nemmeno uno su mille di loro sa come si scrive.»

Perché vedi, secondo me, quei minzolini da enoteca lo sapevano, come si scriveva *comunismo*, ma era l'unica cosa che conoscevano di questa astrazione che così tanto li spaventava. Non sapevano nient'altro.

Va bene, allora: andiamo al dunque. All'ultimo giovedì d'agosto del 2011.

Il caldo non ci dava tregua, ma io ero troppo indaffarato per lamentarmi dell'afa e dell'umidità. Ero andato ad abitare nella catapecchia del mio povero nonno, una casa da contadini vicino a Quarto Inferiore, abbastanza vicina alla città da arrivarci in motorino e abbastanza in campagna da poter smartellare a qualunque ora, di notte, di giorno, senza dar fastidio a nessuno tranne che alle rane. E io, in quell'agosto torrido, le mie ferie dal lavoro le passavo così: martellando, piallando, verniciando. Cercavo di rendere abitabile quell'amato rudere.

L'ultimo giovedì d'agosto, però, non potevo mancare

all'appuntamento con la Festa dell'Unità. Non mi ero mai perso l'apertura, fin da quando mi ci portava il nonno in bicicletta, da bambino.

Quantomeno, la nostra festa non aveva cambiato nome. Tra le varie feste del PD, Feste Democratiche, Democratic Party – ti rendi conto? –, noi avevamo sempre la nostra bella Festa dell'Unità, nel solito Parco Nord, a traghettarci verso la fine dell'estate. Perché lo sai quand'è che finisce l'estate, da noi a Bologna: l'ultimo lunedì della Festa, intorno al venti di settembre. Quando alla Festa sparano i fuochi artificiali, ecco, vuol dire che l'autunno è già alle porte. E si sente, il più delle volte... perché la chiamiamo, confidenzialmente, la festa dell'umidità? Perché a un certo punto, a settembre, arrivano un paio di temporali che spezzano l'estate, e la sera non si va più in giro in maglietta tra gli stand, si comincia a portare una felpa, e poi un giubbottino, e una sciarpetta leggera... e dopo ci sono i fuochi artificiali, e l'estate è finita. Punto e basta.

A questa festa riesco a entrarci senza conflitti interiori anch'io, che sono decisamente più a sinistra del Partito democratico. Io che ho votato o pensato di votare, nel corso degli anni, Rifondazione comunista, Comunisti italiani, Sinistra & Libertà, Partito comunista dei lavoratori, Sinistra critica e un paio di altre sigle che ho rimosso dalla memoria.

Questa, per tutti i bolognesi, è la festa di fine estate. L'ultimo mese da trascorrere all'aria aperta, prima di rinchiudersi nei locali fino a primavera.

Una festa di fine estate in cui berlusconiani, fascisti, leghisti non mettono piede.

Se ce lo mettono, per un concertone imperdibile o per il fresco, quantomeno si sentono a disagio.

Allora, hai davanti agli occhi la scena? È giovedì sera, la Festa dell'Unità ha appena aperto i battenti. Arrivo in orario, e Gigio e Max sono già davanti all'entrata di via Stalingrado. Stanno consultando il programma, con particolare attenzione ai ristoranti.

Gigio e Max, lo sai, hanno una storia politica un po' meno orientata a sinistra della mia.

Gigio ha sempre seguito la continuità, in modo placido e indolore. Votava PCI prima della svolta della Bolognina, perché i suoi nonni e i suoi genitori votavano così, e perché a Bologna votare il Partito comunista era una cosa piuttosto naturale. Dopo la scissione di Occhetto, ha deciso che l'erede naturale del PCI era il Partito democratico della sinistra e non Rifondazione comunista. Da lì ha sempre seguito la linea di continuità: ha votato senza problemi il PDS e l'Ulivo e i Democratici di sinistra e l'Unione e adesso il Partito democratico. Se il PD e i partiti comunisti dovessero riunirsi in un partito unico, lui voterebbe senza problemi il partito unico. Al momento la cosa che più gli interessa, più della grande unione dei partiti, è scegliere se andare a cena al ristorante della Montagna o al Porcino Malefico.

*

Max, quando è nato il PD, deve aver stappato lo champagne. Aveva i nonni fascisti, e i genitori democristiani. Max non era fascista né democristiano, aveva tutti gli amici di sinistra, si sentiva orientato verso sinistra, ma quando cresci col martellamento di nonni e genitori che non fanno che dirti vota tutti tranne i comunisti, vota tutti tranne i comunisti, poi la mano fa fatica a mettere la croce da quella parte della scheda.

Max ha votato qualunque micropartito che non avesse nulla di visibilmente rosso, nessuna falce e martello in nessun angoletto invisibile: il Patto Segni, la Lista Giannini, il Movimento referendario, cose così.

Quando è arrivato il Partito democratico, finalmente si è sentito a casa.

Anche Max, comunque, più che all'afflato politico è interessato all'odore di cibo che arriva dai ristoranti. Da un lato vorrebbe andare al ristorante siciliano perché ha fatto le vacanze a Lampedusa con la moglie e si è trovato così bene ma d'altra parte chissà se fanno il pesce buono come in Sicilia, un po' vorrebbe andare al brasiliano perché lo attira la carnazza ma poi c'è la musica troppo alta, un po' lo attira il ristorante sardo ma non riesce a trovarlo sulla mappa e non gli sembra che sia al posto in cui stava gli anni scorsi, insomma, discutiamo due minuti, e finiamo alla Vecchia Bologna come ogni anno.

È una pantomima ormai consolidata, la nostra. Ci piace far finta di discutere di ristoranti, come se ci andasse di provare qualcosa di nuovo. Mimiamo un po' l'andamento tipico dei partiti di sinistra: si parte convinti, pieni di idee rivoluzionarie, si incontra un ostacolo e lo si supera brillantemente, poi qualcuno propone una nuova idea sovversiva – il ristorante argentino? –, allora ci si ferma a riflettere, amareggiati all'idea che proprio dall'interno provenga la nuova e destabilizzante corrente, si discute di qualcosa, si constata la lontananza, si arriva alla consapevolezza che il divario ormai è insanabile e ci si separa, fondando un nuovo partito. I toni della discussione si fanno accesi, si litiga, ci si insulta, ma con classe, ci si chiede « ma come abbiamo fatto ad andare d'accordo, vista l'evidente discrepanza di gusti e progetti? »

Fieri e decisi, si va a mangiare e ci si ritrova tutti allo stesso tavolo, davanti allo stesso piatto. Perché possiamo litigare su tutto, ma la salsiccia resta la nostra base, il terreno profondo da cui tutti dipendiamo. La magica coincidenza delle idee.

Alla Vecchia Bologna scegliamo la tagliatella d'ordinanza e l'immancabile salsiccia, dunque. Perché ad andare alla Festa dell'Unità e non mangiare le salsicce ci si sente in colpa. Sembra quasi di disertare.

Max si siede davanti a me, Gigio alla mia destra. Sarebbe tutto perfetto se non fosse che quasi non riusciamo a parlare, dato che dal ristorante vicino proviene un suono assordante e fastidioso: il ristorante cubano sta sparando una cover di *Gloria* di Umberto Tozzi tradotta in discutibile spagnolo, a un tale volume da poter raggiungere tutti i cubani in Italia e forse nel mondo. *Gloria, faltas tu en el aire...*

Gigio brontola, Max mangia le tagliatelle, cosa che assorbe tutta la sua attenzione. Sono sicuro che ognuno, dentro di sé, sta studiando il modo di sabotare il lettore CD del ristorante cubano con la sola forza del pensiero.

«Almeno cambiate canzone!» sbotta Max, prima di immergere il naso e la bocca nella pinta di birra.

«Almeno Santana» dice Gigio. «*Corazón espinado*, dai.»

Io sospiro, rilancio: «Secondo voi cosa ascoltano alla Festa della Libertà?»

«Si chiama Festa della Liberazione, ignorante» ride Gigio.

«No, intendo proprio la festa del Popolo della Libertà. Esiste, no?»

Gigio scuote la testa. «Boh. Esisterà.»

I vicini di tavolo ci guardano male. Abbiamo pronunciato parole che scavano enormi buchi di conversazione, mi sa.

«Cosa vuoi che sentano?» sghignazza Max. «Ale-Ale Alejandro, Ale-Ale Alejandro, cose così.»

«Come noi adesso, tipo» chiosa Gigio.

«E alle feste della Lega?» insisto. «Vi immaginate la vecchietta leghista media? Che passa le giornate ricamando Soli delle Alpi sulla biancheria dei nipoti e li ammonisce di stare alla larga dalle bestiacce, i comunisti? E racconta di quello che ha sentito sulle Feste dell'Unità, con i cosacchi che ti fanno il test anticlericale e i ristoranti dove si bestemmia e si sputa sui crocefissi, mentre la banda russa, ospite della Festa, suona continuamente *Bandiera Rossa* e tutti sono obbligati a cantare?»

«Un po' stereotipato» commenta Gigio.

«Insomma» ridacchia Max, «a me la raccontavano più o meno così.»

«Ah, ragazzi» mormoro, fiero, con lo sguardo perso al di là di questo mondo materiale. «Essere comunisti come me, oggi, non è mica facile. Bisogna essere come le canne, quelle dei fiumi, che quando arriva il vento si piegano e aspettano di potersi rialzare. Ma pure voi del PD, vi sentite rappresentati da questi quattro ragionieri che fanno di tutto per convincervi ad allearvi con il centro?»

«Senza il centro non si vince mica» bofonchia Gigio con un boccone enorme tra i denti.

«Eh, perché ormai siamo entrati in questo meccanismo qua... sapete cosa? Se non avessimo perso le prime elezioni, nel '46...»

Gigio biascica di nuovo, masticando: «Gli Stati Uniti non le avrebbero mai lasciate vincere ai comunisti. Lo diceva anche Oliver Stone in quel film...»

«Allora, ascolta, a parte Oliver Stone: se ci fosse stata la guerra civile dopo l'attentato a Togliatti...»

Max mi guarda perplesso: «Se Bartali non avesse vinto il Tour de France, dici?»

«Sì, be', questa di Bartali mi è sempre parsa una gran cazzata... dai! L'Italia è sull'orlo della guerra civile, ma poi Bartali vince il Tour de France e d'improvviso si scoprono tutti fratelli e la guerra civile non si fa più? Insomma, mi è sempre sembrata una leggenda stupida.»

Gigio torna a concentrarsi sul piatto: «Chissà. Gli italiani sono molto strani».

«Oh, poi» dice Max, «se Togliatti anziché raccomandare di non far gesti avventati avesse detto: Compagni, scatenate l'inferno, altro che Bartali, ci sarebbe stata sì, la guerra civile! »

Io dico: « Okay, mi fate finire il discorso? »

« Finisci » dice Gigio.

« Insomma, la mia teoria è questa. Bartali o non Bartali, scoppia la guerra civile. E la vinciamo noi, naturalmente... »

« Gli Stati Uniti... » prova a interrompermi Max, ma gli faccio segno di lasciarmi finire.

« La vinciamo noi, perché siamo più arrabbiati e motivati. Entriamo nel patto di Varsavia... Max, non toccarti le palle, non è accaduto, comunque, ascoltami. Entriamo nel patto di Varsavia, eh, okay, lo ammetto, ci divertiamo poco per qualche decennio, va bene, ne convengo, altro che boom economico e robe così. Ce ne stiamo sotto l'Unione Sovietica fino alla fine degli anni Ottanta... »

Max e Gigio mi guardano curiosi. Vogliono vedere dove vado a parare.

« ... poi cade il muro di Berlino, l'Italia si apre all'Occidente, arrivano i McDonald's e le tv commerciali e tutte quelle cose lì, che accogliamo con grande entusiasmo, chiaro, mi seguite? »

« Ti seguiamo. »

« Okay. Adesso sono passati vent'anni dalla caduta del muro di Berlino, qualcuno, anzi, tanti, hanno già la nausea dei McDonald's e delle tv commerciali, e cominciano a pensare che il comunismo, quello vero, mica Stalin, 'fanculo Stalin, anzi, vi dico di più, non volete chiamarlo comunismo? Chiamiamolo socialismo, perché in questo mondo qua non c'è mica stato Craxi, naturalmente, socialismo è ancora una bella parola, insomma, questi qua iniziano a pensare che il socialismo fatto bene, il socialismo vero, è preferibile al puttanificio in cui siamo precipitati. E si aprono nuove prospettive, finalmente.»

«Cioè» commenta Max «per te l'Italia avrebbe dovuto passare quarant'anni come l'Ungheria o la Cecoslovacchia per trovare qualche buona prospettiva, forse, solo adesso?»

«Guarda: per me, niente è peggio di come siamo messi adesso.»

E con questa frase lapidaria ammazzo la conversazione, per poi rituffarmi soddisfatto nella mia salsiccia ai ferri.

Dopo il caffè e l'amaro facciamo un giro per la Festa. Dove ci saltano all'occhio alcune sproporzioni, a livello di concentrazione di presenze.

Per esempio, al dibattito al Salotto Precario sulle nuove forme di welfare per il lavoro flessibile, ci sono sei ascoltatori in tutto. Cento metri più in là, davanti all'orchestra danzante del Duo Belli & Spettinati, la pista è piena murata di gente che ballerebbe l'alligalli anche se il Duo suonasse i Sex Pistols.

E poi: la libreria è piena di gente, sì, ma l'incontro allo Spazio Donne sulle formule per non alimentare lo spreco è tragicamente surclassato dalla Drag Queen Marcella in piazza delle Associazioni.

Ma, soprattutto, la gente si accalca nella cittadella

latinoamericana. Il ristorante cubano e il ristorante argentino e il ristorante brasiliano e lo stand della salsa e quant'altro ora sono diventati una grande discoteca piena di gente di ogni tipo, nostri coetanei a caccia di zoccolacce da postribolo, ragazzini brutti ma tirati a lucido, con i capelli così intrisi di gel che sembrano disegnati, con tanto di camicia da Febbre del Sabato Sera, forse ritornata di moda.

Il mio pensiero, nel guardare questa massa che si muove al ritmo della salsa, è semplice: cosa ci fa questa gente, qui, alla mia amata Festa dell'Unità?

Il pensiero di Max è rappresentato dal suo sbadiglio a tutta bocca. «Dai, régaz, io vi saluto, che domattina tocca a me portare i bimbi a scuola.»

«Vengo con te» sbadiglia solidale Max. «Che io lavoro, mica come questo cazzone qua che è ancora in ferie!»

«Oh, sto approfittando delle ferie per ristrutturare casa, cosa credete, mica mi riposo!»

«Ecco, bravo» conclude Gigio. «Quando hai ristrutturato la casa poi ci facciamo una bella cena, eh?»

E ci salutiamo così, davanti a quei fastidiosi ritmi indemoniati. Ma la serata, per me, riserva un ultimo fastidio.

Prima di attraversare tutta la Festa fino a via Stalingrado per riprendere il motorino, ho un'urgenza da risolvere: la mia vescica, ahimè, non regge più il vino come un tempo.

Così, dall'inferno della salsa, taglio verso l'Enoteca

fino ai cessi in muratura oltre il Palanord. Ed è lì che mi aspetta l'amarezza più grande della serata.

Perché mentre sono chiuso al cesso a scaricare il vino, sento le risate di due persone che sono entrate a loro volta. Due ragazzi, a giudicare dalla voce. Sento scorrere l'acqua nei lavandini oltre la porta. E i loro discorsi.

« Madonna » sta urlacchiando uno dei due, « madonna, quanta gnocca c'è stasera! Avevi ragione! »

« Eccerto, e tu che non ci volevi venire! E che, secondo te, ti portavo qua in mezzo ai comunisti solo per ballare la salsa? »

L'acqua smette di scorrere e le risate si allontanano, di nuovo in direzione dell'isoletta latinoamericana.

Non faccio neppure in tempo a uscire per vedere in faccia il ragazzo che ha detto quella cosa stupida sui comunisti.

Vescica troppo lenta.

Pisciata troppo lunga.

Capisci il mio stato d'animo, adesso?

Ero tornato a casa ancora col nervoso. Andare a letto, non se ne parlava. Di sicuro avrei pensato e ripensato a quel ragazzino idiota senza chiudere occhio. Colpa del mio brutto carattere.

Allora, per rilassarmi, avevo iniziato a piantar chiodi. È il bello di vivere in campagna, isolato da tutto: puoi smartellare e trapanare alle due di notte, se hai bisogno di sfogarti, senza che i vicini protestino o chiamino i carabinieri. Un'oretta di martellate, minuto più, minuto meno, avrebbe fatto sbollire l'odio per il fascistello appassionato di balli latinoamericani.

Così, con la scatolina dei chiodi in tasca, mi ero messo a fissare mensole e persiane. Quel metallico, secco pamm-pamm-pamm, l'impatto del martello, la vibrazione attraverso le ossa del braccio, mi avrebbero riconciliato con la confortante idea del sonno.

Con calma.

Un po' alla volta.

Terminati i lavori ad altezza uomo, mi ero dedicato agli infissi penzolanti un po' più in alto. Mi ero messo in piedi su uno sgabello, una scatolina di chiodi nella tasca posteriore sinistra, un'altra nella tasca posteriore destra, e avevo scaricato il nervosismo in un'altra ritmica serie di martellate.

Stava funzionando, sai? Ce l'avevo quasi fatta. Quando...

... oh, sto cambiando i tempi verbali, intanto che parlo? Prima ero al presente, poi...

Eh, be'.

Aspetta un attimo, e capirai perché ho una certa confusione in testa, riguardo ai tempi verbali.

E ai tempi in generale.

Io, quel che è successo o come sia successo, di preciso, non lo so. Forse ho messo un piede in fallo, o una gamba marcia di quel vecchio sgabello di legno ha pensato bene di spezzarsi per il mio peso. Non l'ho capito, e non è importante.

Avevo finito i chiodi nella prima delle due scatoline. Avevo fatto per buttarla di lato e aprire la seconda scatola, quando a un certo punto avevo sentito il vuoto sotto i miei piedi. Ed ero caduto all'indietro.

Ricordo di aver esclamato un concitato « Oh, oh », le braccia che mulinavano disperate nel vuoto, come per imparare alla svelta a volare, col martello che schizzava via dalla mia mano.

E poi, inevitabile, la botta. Di nuca. Contro il pavimento.

Ora, ascoltami. Qui tutto sembra farsi un po' folle.

Io stesso cerco di spiegarmi quel che è successo dopo la caduta. Anche se è molto semplice, in realtà.

Cadere da uno sgabello non è come cadere dalla cima di una scala oppure, chessò, dal quinto piano. È una botta, regala un bernoccolo e un minimo di spavento, nella maggior parte dei casi. Abbiamo preso tutti dei colpi in testa senza conseguenze, il più delle volte.

Però, vedi, quel che ho imparato è questo: è tutta una questione di angolazione e intensità.

Io, cadendo dallo sgabello sul pavimento, ho sbattuto la testa con una precisa angolazione e una precisa intensità. Qualcosa di mai sperimentato prima in vita mia.

E quel colpo, quel *determinato* colpo, in quel punto esatto del mio cranio, ha riattivato delle cose.

*

Tu lo sai cos'è il cervello umano? È una cripta di tesori, amico mio.

Il novanta per cento del nostro cervello è lì, dentro l'involucro del cranio, inutile e inutilizzato. Il *novanta per cento.*

Ci sono mille facoltà che non sappiamo di avere, in quella parte addormentata. Sai quando sogni di camminare nell'aria, e sembra tutto così facile? Metti un piede giù dallo scalino, lo lasci sospeso nel vuoto, a calpestare l'aria, metti l'altro piede, ed è tutto talmente naturale, nel sogno, e ti dici: Ma io ho sempre saputo farlo, è semplicissimo...?

Ecco: se credi di saperlo fare, è perché tu lo sai fare *veramente.* Solo, lo hai dimenticato. Ma il segreto per camminare nell'aria sta lì, rinchiuso in quel novanta per cento inutilizzato del cervello. Insieme alla telepatia, alla telecinesi, e a tutti quei doni che non sappiamo neppure di avere in dotazione.

Quel colpo alla nuca, quella botta, aveva sfondato una porta. L'accesso alla caverna dei tesori.

Al corridoio dei pensieri gialli.

Come posso descriverti i pensieri gialli, amico?

È come spiegare a un cieco cos'è il rosa. Come spieghi il rosa a un cieco? Gli dici che è un rosso più chiaro? Lui non sa cosa sia il rosso, non possiede il concetto di *più chiaro...*

Quando mi ero rizzato a sedere, avevo la testa piena

di pensieri gialli. E, alzandomi, mi ero spostato in una direzione inedita, seguendo un modo di muoversi nello spazio che...

Oh, davvero, è difficile da far capire!

Immagina di possedere il concetto innato di su, giù, destra, sinistra, avanti, indietro, per poi scoprire di colpo che esiste anche l'*attraverso*. Cercando di mettermi a sedere, anziché seguire le rotte abituali, avevo seguito un pensiero giallo.

E, così facendo, mi ero spostato *attraverso*.

Li hai visti tutti quei film di fantascienza? *Terminator*, *Ritorno al futuro*, *L'esercito delle 12 scimmie*? Come te lo immagini, tu, il viaggio nel tempo?

Te lo dico io, come lo immagini: in linea retta. Qualcuno che si sposta da un punto del futuro fino a un altro punto del passato, o viceversa, percorrendo una linea retta.

Non è così!

Per viaggiare nel tempo e nello spazio, devi uscire *fuori* e poi tornare *dentro*.

Confuso?

Era tutto così chiaro per me, in quel momento, così ovvio... uscire fuori dallo spaziotempo e tornarci dentro era un'altra cosa che avevo sempre saputo fare.

E che stupidamente, come tutti, avevo scordato.

Mi ero ritrovato a galleggiare fuori dallo spaziotempo, dunque.

No, non era spaventoso, sai? Ero in uno stato di stordimento, e allo stesso tempo di familiarità. Era un *fuori* che conoscevo, che avevo già esplorato, in passato, o nel subconscio. Galleggiavo nel vuoto, io, col mio corpo fisico, con i vestiti che avevo addosso quand'ero caduto dallo sgabello.

C'era qualcosa dietro di me...

Sentivo delle cose frusciare in quel limbo, ma non mi ero voltato a guardarle. Quel che vedevo, be', attirava tutta la mia attenzione.

Quel che vedevo – mi verrebbe da dire *dall'alto*, ma non ero in alto, né accanto, né sotto, ero *a un lato* e *dietro* nello stesso momento –, oh, quel che vedevo, era l'insieme complessivo dello spaziotempo. Un luogo fisico, concreto, che conteneva tutto quel che è stato-è-sarà in ogni quando e in ogni dove.

Mi stai ancora ascoltando?

Allora: lo spaziotempo, per come lo potevo osservare, mutava sembianza se spostavo di un millimetro lo sguardo. All'inizio mi era apparso come una cittadella, con i bastioni, le torri, le mura, e nei suoi vicoli e nei palazzi e nei sotterranei c'erano il Big Bang, le crociate, le comete, le galassie lontane, l'invenzione della stampa, i buchi neri, i Beatles, tutto, veramente tutto.

Poi giravo lo sguardo di un millimetro per focalizzarmi su una delle torri più alte, e mi accorgevo di aver sbagliato prospettiva. Non era una cittadella: era un cristallo dall'indescrivibile forma. Giravo gli occhi ancora, ed era un lago dalle acque limacciose, con animali enormi dai centomila tentacoli sotto la superficie. Oppure era un organismo vivo e vivente, una spugna marina grande come l'universo, e...

Qualcosa mi aveva toccato una spalla. Uno dei fruscianti si era avvicinato, mi aveva sfiorato con una lingua/dito ossuto ma molle.

Non avevo avuto il coraggio di voltarmi. Ero già al limite della sanità mentale, di fronte a quel che stavo osservando. Non avrei retto, lo sapevo, alla vista dei fruscianti.

« Oddio! » avevo urlato.

E mi ero buttato in avanti, verso il solido dello spaziotempo.

Che appariva, in quel momento, come un caleidoscopio con mille miliardi di colori.

Stai ammirando, spero, la mia straordinaria elasticità mentale. Quella con cui sono passato nel giro di un'ora dai nervosismi politici alla Festa dell'Unità di Bologna all'osservazione dello spaziotempo sospeso tra i fruscianti.

Ci vuole spirito di adattamento.

Che ne dici?

Come?

No, non avevo programmato la direzione, tuffandomi nello spaziotempo. Mi ero buttato in avanti a caso, in un caleidoscopio grande come l'intero Creato. Io, che cinque minuti prima piantavo chiodi in casa mia, che tre ore prima parcheggiavo il motorino in via Stalingrado...

Il pensiero giallo non aveva un navigatore satellitare incorporato. Ma forse, in qualche modo, un residuo di pensiero, qualcosa di cui avevo discusso poco prima, una certa direzione me l'aveva fornita. Perché a buttarsi a caso nello spaziotempo si potrebbe atterrare nel mar dei Sargassi, sul Golgota o in un remotissimo futuro.

E invece...

Avevo aperto gli occhi, e sopra di me c'era il cielo grigio. Ero sdraiato sulla terra fredda.

Avevo ancora la testa piena di pensieri gialli, la sensazione di quella lingua/dito sulla spalla, la visione dello spaziotempo impressa nelle retine.

Mi ero drizzato a sedere. Mi ero guardato intorno.

La prima cosa che avevo pensato?

Di essere in un museo delle cere. Un museo delle cere, all'aria aperta.

Intorno a me, nella nebbiolina, c'erano dei ciclisti immobili. Come statue di cera, appunto. Curvi sul manubrio, immortalati nello sforzo della corsa.

La statua più vicina a me aveva un volto familiare, ritratto in tante storiche foto.

Una in particolare: quella in cui passava una borraccia allo storico rivale.

Mi ero rizzato in piedi, con i miei vestiti da fine agosto bolognese, in quell'aria frizzante di montagna.

Intorno a noi c'erano altissime montagne. Le Alpi, forse.

E quel ciclista immobile, paralizzato, davanti a me, era Gino Bartali.

Avevo scrutato quelle figure. Tutto era fermo, congelato, tutto tranne me.

Avevo fatto qualche passo, avanzando con difficoltà, quasi come se fossi un astronauta che approda sulla luna.

Dopo i primi passi, però, avevo scoperto di potermi muovere tranquillamente. Il tempo era congelato, per tutti, tranne che per me.

Continuavo a guardarmi in giro, come temendo di essere sorpreso da qualcuno. Il custode del museo delle cere, o un frusciante al mio inseguimento, o un guardiano dello spaziotempo pronto a urlare « non tocchi niente! »

Ma non era comparso nessun guardiano, nessun frusciante, nessun custode. Ero libero di spostarmi, io, fuori dal tempo. Nel silenzio più assoluto, più completo che si possa concepire.

Con un dubbio terribile: ero forse un fantasma? Sentivo l'aria pungente, respiravo la nebbia, eppure...?

Osavo toccare qualcosa? Modificare quello scenario?

Mi ero avvicinato a un ciclista del gruppo. Non Bartali, non lui.

Piano, con circospezione, avevo provato a toccare il suo berretto. Lo sentivo, solido, sotto le mie dita.

Glielo avevo tolto dalla testa. Poi, in fretta, lo avevo rimesso al suo posto.

Potevo farlo! Potevo afferrare gli oggetti e cambiarli di posto!

Io, intruso tra due frazioni di secondo.

Oh, le cose che mi erano saltate alla mente in quel momento, amico mio!

Era stato così, forse, che certi delitti... le pallottole fantasma, gli omicidi inspiegabili, gli assassini mai identificati... cronokiller lungo i sentieri dei pensieri gialli, pronti a colpire un presidente tra due istanti di tempo immobile, di sparare indisturbati, prendere la mira con estrema calma, e poi...

E lì, nel freddo delle montagne, nella nebbia, mi era venuta l'idea.

Avevo ripensato alla conversazione al tavolo, davanti alle tagliatelle. A quel discorso lontano sessantacinque anni nel futuro.

Seguire la mia ipotesi, il mio scenario di storia alternativo! Realizzarlo davvero!

La guerra civile, il patto di Varsavia, e una stagione di socialismo reale, senza mafie, senza DC, senza Craxi, senza...

Tutto dipendeva da me.

Se Bartali non avesse vinto il Tour de France, gli italiani non si sarebbero distratti e non avrebbero rinunciato ai propositi rivoluzionari. Sempre che fosse vera quella leggenda, naturalmente.

Era vera? Potevamo essere un tale popolo di caciottari? Barattare una guerra civile con la vittoria di un ciclista al Tour de France...

*

... con quell'idea in testa, amico, lo ammetto, mi ero distratto anch'io.

Avevo pensato alla finale di Usa '94, Italia-Brasile, al rigore di Baggio... avrei potuto trovarmi lì, dare uno schiaffo a quel pallone calciato nel cielo, abbassarlo...

Vedi com'è facile distrarsi, amico?

Sono italiano, in fondo.

Basta poco anche a me.

Avevo ripreso il pensiero politico, con un po' di vergogna per le divagazioni calciofile.

Dicevamo: se Togliatti, allora, non avesse detto di stare tranquilli... se, se, se...

Ma io ero lì, accanto a Gino Bartali, nel mezzo di un pezzo di storia italiana. Forse bastava davvero così poco. Forse per cambiare il corso degli eventi basta una carta di caramella, una buccia di banana, uno scivolone dalla bicicletta. Un gesto, una piccola spinta...

Avevo cominciato a pensare.

Bartali non c'entrava. Mi dispiaceva un po' per lui, la sua carriera, la sua vita...

Ma non era poi un democristiano baciapile, quel corridore lì?

*

Avrei potuto farlo cadere. Dargli una spinta. Poco elegante, lo ammetto.

Mi ero posto dei problemi di etica transtemporale. Spingere Bartali sarebbe stato un gesto morale? Provocare, o almeno tentare di farlo, una guerra civile era davvero la cosa giusta? Potevo influenzare la storia così direttamente?

Avevo pensato e ripensato, fino a quando, alzando gli occhi dalla contemplazione delle mie scarpe, non mi ero accorto con sorpresa di una cosa: i ciclisti intorno a me, le statue di cera, non erano più immobili. Si muovevano, adesso, lentissimamente, incredibilmente lenti, ma si muovevano.

E i pensieri gialli sbiadivano.

L'effetto della botta stava per finire. Ancora qualche istante, e sarei stato catapultato via dal mio ruolo di intruso.

Dovevo agire.

Mentre i piedi iniziavano a farsi liquidi, mi ero deciso.

No, non *liquidi* nel senso vero del termine.

È per dire. Per descrivere la sensazione.

L'etica transtemporale aveva guidato i miei gesti. Non mi sentivo all'altezza di cambiare la storia direttamente, con una spinta. Allora avevo agito da vigliacco: l'avrei cambiata, in un certo modo, indirettamente.

In tasca – ricorderai – al momento della botta avevo ancora la seconda scatola di chiodi. Quella intonsa. Avevo toccato quella tasca con la mano: la scatolina aveva viaggiato nel passato con me.

Avevo sfilato un chiodo, lo avevo poggiato con grazia e con cura proprio davanti alla ruota di Bartali, a qualche millimetro di distanza.

Non avevo toccato niente, no? Non ero entrato in modo diretto nella storia. Avevo solo piazzato un piccolo ostacolo, qualcosa che prima non c'era. Non era detto che la ruota della bicicletta scoppiasse per colpa di quel chiodo. Cioè, era altamente probabile, anche perché lo avevo collocato con la punta in alto, con cura, ma io potevo, diciamo così, lavarmene le mani.

Avevo guardato Bartali.

Avevo pensato: Mi dispiace.

Poi avevo pensato: Mo va' là, che vada a lamentarsi dal papa, il baciapile.

Avevo rimesso in tasca la scatolina dei chiodi, mentre le mie gambe diventavano d'acqua.

E io venivo scagliato, di nuovo, dentro e fuori dallo spaziotempo.

No, non avevo visto i fruscianti, la cittadella o il caleidoscopio.

Avevo sentito dei rumori sgradevoli e fortissimi, come la punta di un trapano che spacca un bicchiere di vetro spesso. E dei latrati di cani. E l'aprirsi di grandi cancelli rugginosi.

C'era stato un tremolio violaceo, e mi ero ritrovato a casa.

Guardavo il soffitto.

Il cuore mi batteva forte, mentre giacevo con la schiena sul pavimento.

Avevo girato la testa. Fuori dalla finestra c'era ancora la notte, come quando ero caduto dallo sgabello.

Ero rimasto in quella posizione a lungo, cercando di venire a patti con quel che avevo visto e fatto. I pensieri gialli erano tornati a rintanarsi in un angolo blindato del mio cervello.

Sì, certo, avevo pensato a un'allucinazione. L'idea di aver sognato, di aver immaginato tutto, mi aveva sfiorato, eccome.

Allora avevo toccato la tasca posteriore dei miei pantaloni. Avevo sfilato la scatolina di chiodi.

Ne mancava uno.

Solamente uno.

Capisci?

L'avevo fatto davvero! Avevo lasciato un chiodo in un punto preciso, più di sessant'anni nel passato, per cambiare la storia d'Italia.

E quindi?

Dov'ero, io, in quel momento? In quale realtà mi trovavo?

Tu hai mai letto romanzi di fantascienza? Gli Urania, quelli, almeno?

Io, sì, li ho letti. Li ho divorati, da ragazzino. Cosa credevi, che leggessi *Il capitale*?

Tutti 'sti cazzo di stereotipi... cosa pensi, che io ascolti gli Inti Illimani? Figurati.

A me piacciono i Baustelle.

Cosa dicevo?

Gli autori di fantascienza, su quel che succede cambiando il passato, hanno due differenti teorie.

Ci sono quelli che sostengono che, cambiando il passato, si cancelli tutto quel che è avvenuto dal momento della variazione in poi. Mi segui? Uccido Hitler da bambino, da quel momento in poi si riscrive tutto. Il nazismo non è mai esistito.

E poi ci sono quelli che parlano di realtà divergenti. Di universi paralleli.

Uccido Hitler da bambino, e all'universo in cui il nazismo è esistito se ne sovrappone un altro derivato dal mio atto.

Hai capito? Mi segui? Parlo difficile?

Oh, cazzo, gli Urania li capivo io, a dodici anni.

Suvvia. Mi hanno anche bocciato in prima superiore. Dai, non sono 'sta cima d'intelligenza, io.

Insomma, il mio dubbio, era questo: in quale universo mi ero ritrovato?

Nell'unico universo esistente, derivato dal mio gesto, dal chiodo davanti alla gomma di una bicicletta, o nella mia consueta realtà, lontanissimo dalla realtà alternativa in cui Gino Bartali era caduto con la ruota squarciata, non aveva mai vinto il Tour de France, la storia era cambiata e...?

La mia casa, a guardarla così, sembrava uguale. Una guerra civile e trent'anni di socialismo reale potevano modificare una casa nelle campagne di Quarto Inferiore? Boh. Chi poteva saperlo?

Barcollando, mi ero rimesso dritto sulle gambe. Non avevo ancora l'ADSL lì dentro, non potevo controllare Google o qualcosa di simile...

Avevo frugato dappertutto cercando vecchi quotidiani, ma avevo trovato solo due copie impolverate di Dylan Dog. Confesso che le avevo sfogliate in modo febbrile, cercando di cogliere riferimenti storici tra i redazionali e le tavole di *Johnny Freak* e *Lo sguardo di Satana*, magari una battuta di Groucho con sfumature politiche...

Dylan Dog poteva essere sopravvissuto a una guerra civile e trent'anni di socialismo reale?

Alla fine ero uscito di casa. Ero salito sul motorino

– che era il solito motorino di sempre, della solita marca – e mi ero precipitato verso la città.

Pochi minuti dopo ero di fronte al Parco Nord, a guardare le bandiere del PD sventolare sulla Festa dell'Unità, chiusa, come sempre, a quell'ora.

Poteva esistere il Partito democratico in quel nuovo universo? O, come temevo, avevo fallito nel mio intento?

Con un groppo alla gola, mentre le prime luci dell'alba iniziavano a colorare Bologna, avevo raggiunto l'edicola più vicina.

E avevo aspettato che aprisse.

Forse avevo spaventato un po' l'edicolante quando mi ero avventato su di lui a un secondo e mezzo dall'apertura per comprare dieci diversi quotidiani, ma devi capirmi: avevo appena visto l'intero spaziotempo dall'esterno. Sono cose che non lasciano del tutto indifferenti.

Per un attimo, mentre pagavo il perplesso giornalaio, avevo avuto una speranza: che quello guardasse il mio denaro e dicesse: Cosa sarebbe questa roba, moneta straniera? Allora, sì, avrei capito di essere riuscito nel mio intento.

Invece il giornalaio aveva accettato il pagamento senza protestare, lasciandomi deluso e triste con quel fascio di quotidiani in mano.

Mi ero seduto su una panchina in una stradina laterale. E avevo cominciato a leggere i giornali meticolosamente, pagina dopo pagina, cercando indizi.

Ero andato avanti quasi fino a mezzogiorno, mentre intorno a me la città si animava e si affollava.

Tutto, tutto, tutto era uguale, secondo i giornali di quel venerdì di agosto del 2011.

Berlusconi contro i giudici.

Le reazioni dell'opposizione.

Una battuta di Bossi sui romani.

Le reazioni dell'opposizione.

La Russa sull'Afghanistan.

Le reazioni dell'opposizione.

Non era cambiato nulla, Di Pietro, il Trota, Bersani, Capezzone, Cicchitto, Fini, Casini, tutto, tutto era esattamente come prima.

La mia faccia si era deformata in una maschera tragica.

Cosa poteva essere accaduto? Avevo creato un universo divergente, ma ero ritornato nel mio? Bartali aveva vinto il Tour de France nonostante il chiodo?

Oppure, com'era probabile, quell'idea della guerra civile evitata da un ciclista era una grande, solenne, infinita, cosmica stronzata tramandata nei decenni?

Quest'ultima ipotesi, così a occhio, mi sembrava di gran lunga la più probabile.

Avevo gettato il fascio di giornali in un cassonetto. Ero tornato verso il mio motorino, sconfitto, rassegnato a vivere ancora in quell'orribile presente.

Perché avevo sfruttato così male la mia occasione? Potevo cambiare la storia, e invece...

Avevo alzato gli occhi al cielo, rassegnato.

E avevo visto il cartello stradale.

Via Trenta Luglio?

Si era sempre chiamata così, quella strada?

Avevo mai saputo di una via Trenta Luglio, a Bologna? E che data era, poi, il trenta luglio? Cos'era mai successo, il trenta luglio?

Va bene, avevo attraversato mille volte piazza Otto Agosto senza sapere cosa fosse accaduto di preciso l'otto agosto, va bene, c'erano duemila stradine laterali a Bologna di cui non conoscevo il nome, ma Trenta Luglio...?

Ero quasi certo che ci fosse un internet point poco lontano, la risposta a tutte le mie domande.

Avevo trovato l'internet point, ero entrato, avevo atteso con malcelata impazienza il mio turno, e quando mi era stata assegnata una postazione, finalmente, mi ero buttato su Google come il più vorace degli squali.

Avevo digitato: Gino Bartali. Avevo trovato una pagina di Wikipedia, ed ero sceso alla sezione dedicata al Tour de France del 1948.

Bevendomi ogni riga, con occhi avidi e increduli.

... Leggendaria in particolare la sua fuga sulle Alpi che gli consentì di vincere la Cannes-Briançon, attraverso il colle d'Allos, il colle di Vars e il colle d'Izoard (dove è ricordato con una stele), recuperando gli oltre venti minuti di svantaggio che lo separavano da Louison Bobet. Il giorno successivo, purtroppo, una banale foratura gli impedì di conquistare la maglia gialla...

UNA BANALE FORATURA!

Una banale foratura!

C'ero riuscito! Avevo cambiato la storia! Stavo vivendo in un nuovo universo, l'universo che io stesso avevo contribuito a creare!

A quel punto, esitante, emozionato, avevo digitato un altro nome.

Il nome di Palmiro Togliatti.

Alle 11.30 del 14 luglio 1948 Palmiro Togliatti viene colpito da tre (altri dicono due) colpi di pistola sparati a distanza ravvicinata, mentre esce da Montecitorio in compagnia di Nilde Iotti. L'autore dell'attentato a Togliatti è Antonio Pallante, un giovane iscritto al blocco liberale qualunquista, spaventato dagli effetti che la presunta politica filosovietica del «Migliore» avrebbe potuto avere sul paese. I proiettili sparati da una pistola calibro 38 colpiscono il leader del PCI alla nuca e alla schiena, mentre una terza pallottola sfiora la testa dello statista. Ricoverato d'urgenza, Togliatti viene operato dal chirurgo Pietro Valdoni.

Poche ore dopo il ferimento si verificano incidenti a Roma, La Spezia, Abbadia San Salvatore (SI) e morti a Napoli, Genova, Livorno e Taranto nel corso di violentissime manifestazioni di protesta. Gli operai della FIAT di Torino sequestrano nel suo ufficio l'amministratore delegato Vittorio Valletta. Buona parte dei telefoni pubblici non funzionano e si blocca la circolazione ferroviaria. Il democristiano Mario Scelba, ministro degli Interni, impartisce disposizioni ai prefetti per vietare ogni forma di manifestazione, e l'intero paese sembra sull'orlo della guerra civile.

Nelle ore in cui si attende l'esito dell'intervento chirurgico si diffusero le più diverse voci sullo stato di salute di Togliatti: circola addirittura la notizia della morte del segretario comunista. Il clima politico del paese era caldissimo: soltanto due mesi prima, il 18 aprile 1948, le prime elezioni della storia della repubblica avevano sancito la vittoria della Democrazia cristiana sul fronte delle sinistre (Partito comunista e Partito socialista).

L'operazione a Togliatti andò a buon fine e fu proprio il dirigente del Partito comunista italiano a imporre ai membri più importanti della direzione del PCI, Secchia e Longo, di sedare gli animi e fermare la rivolta. L'insurrezione di massa delle organizzazioni militanti comuniste non si arrestò tuttavia neppure di fronte all'ordine di Togliatti, dando inizio a una sanguinosa guerra civile...

Mi ero fermato di colpo, con il cuore che batteva forte.

Due pensieri taglienti come schegge mi attraversavano il cranio, convergenti.

Allora era vero! Nel mio vecchio universo, gli italiani avevano *veramente* rinunciato a una guerra civile per...

... stento ancora a dirlo...

... per la vittoria di un ciclista.

Com'è possibile?, urlava la parte più integralista della mia mente. Dalla guerra civile ai tarallucci e vino così, per un'impresa sportiva?

Che razza di assurdo paese è l'Italia?

E l'altro pensiero, altrettanto sconvolgente, era: l'Italia è un tale paese di gomma, così gattopardesco, che – nonostante una guerra civile! – il flusso della storia si è rigirato in modo tale che tutti i pezzi – è mostruoso! – si sono allineati per generare, anche qui, il Partito democratico, e il Trota, e Cicchitto, e Capezzone, e Berlusconi contro i giudici, e Di Pietro, e Fini, tutto, tutto esattamente come nel mio aborrito universo.

Ma dimmi: che razza di posto è, un paese così?

Paperopoli?

Gotham?

Springfield?

Che posto è?

Mi stai guardando sempre più stranito. Per forza.

Tu non hai viaggiato fuori dallo spaziotempo, e questo per te è l'unico universo mai esistito... sui libri ti hanno raccontato della guerra civile del '48, non hai mai conosciuto un mondo diverso...

Ma ora concentrati: tocca a te.

*

Hai ascoltato la mia storia?

D'accordo: io ci ho provato, ma ho fallito. Ma posso influire sugli avvenimenti, ora lo so. Posso dare il mio contributo per cambiare le cose!

Devo solo farlo meglio, questa volta.

Quel giorno, in quell'internet point, mi è comparsa in testa un'immagine. Come una foto: l'idea che cercavo, la giusta missione. Avrei ucciso Mussolini.

Bastava risvegliare i pensieri gialli, tornare indietro nel tempo, dal piccolo Benito, avvolto in fasce, nella sua culla. Un bimbo che dorme, ignaro, incapace di difendersi.

Mi era sembrata la soluzione migliore. Ma poi mi ero visto da fuori, io, a soffocare un neonato con un cuscino, e...

Ma no, mi ero detto. No, non sarei mai capace di fare una cosa del genere, io non sono un assassino, non potrei mai uccidere nessuno, figurarsi un bambino...

Avrei potuto materializzarmi davanti a un Mussolini adulto, tra un istante e l'altro, insinuarmi tra tutte quelle camicie nere, immobili, congelate nel tempo, arrivare davanti al loro Duce, piantargli un cacciavite nel cuore, o qualcosa del genere... ma anche quest'ipotesi, pur meno orribile dell'infanticidio, mi ripugnava.

Uccidere, io, no.

Uccidere un uomo, mai e poi mai.

*

Ci voleva un'altra idea.

Ma Mussolini, sì, quella era la pista giusta.

Finalmente, mentre mi aggiravo per quel nuovo universo così uguale al vecchio, era arrivata l'illuminazione.

Non uccidere: *convertire*!

Sì, sì, mi ero detto, ecco la soluzione: vado dal Mussolini giovane e socialista, quello che crede nell'uguaglianza di tutti, quello che difende i diritti dei lavoratori, e gli parlo.

Vado da un Mussolini che non è ancora impazzito dietro al suo delirio.

Uso la forza della parola, della persuasione, gli descrivo il suo futuro – il mio passato – nei suoi aspetti peggiori. Gli spiego a cosa va incontro, quali rischi corre, qual è il suo destino. Gli parlo di piazzale Loreto. Anzi, mi ero detto: mi porto dietro dei libri. Se ha viaggiato con me la scatola dei chiodi, potranno pur viaggiare con me anche dei manuali di storia.

Glieli faccio leggere, gli mostro quel che lo aspetta. Si convincerà. Niente dittatura, niente fascismo, nessuno sterminio.

E se uno così, col suo carisma, in qualche modo a me misterioso, è riuscito a sedurre l'Italia con i fasci littori, i balilla, l'Impero, le canzoncine di regime, le reni alla Grecia, ecco, se è riuscito a convincere gli italiani della bontà di tutte quelle clamorose puttanate, non potrebbe fare lo stesso per un ideale migliore?

Se un Mussolini fascista ha reso il fascismo quasi religione di stato, un Mussolini socialista non porterebbe a sinistra tutta l'Italia fin dagli anni Venti? Un socialismo *vero*, quello che è nella sua essenza più profonda, ciò che davvero rappresenta.

Hai capito?

Non ti sembra un piano perfetto, il mio?

Insomma, amico, come vedi ho le idee molto chiare. Manca solo un piccolo dettaglio: devo tornare fuori dallo spaziotempo, per poi rientrare nell'anno e nel punto giusto.

Il piano è ottimo. Devo solo trovare le giuste coordinate.

Mi segui, amico? Salverò tutti, ma per farlo ho bisogno del tuo aiuto. Sarò un eroe, e tu sarai stato mio complice. Non lo saprà mai nessuno, a parte noi due, ma tu, in cuor tuo, porterai un'invisibile medaglia al valore per aver salvato l'Italia.

Da solo, in tutti questi mesi, ci ho provato, provato e riprovato. Mi sono rimesso in piedi sullo sgabello e mi sono buttato giù, per terra, cadendo da tutte le angolazioni. Mi sono preso a martellate, a bastonate, a sassate. Forse mi sono procurato qualche piccola commozione cerebrale, ma non sono diventato pazzo, davvero. Mi sono solo fatto male. Lo giuro! Non sono impazzito!

Per questo devi aiutarmi. Devi colpirmi tu, con forza. Colpiscimi e vi salverò tutti.

Una sola volta, un solo viaggio mi basta.

Non tremare, amico, non preoccuparti! Un colpo solo, netto, dai, non ci guarda nessuno. Un colpo per il comunismo, quello vero. Vogliamo dire per il socialismo? Allora, un colpo per il socialismo.

Ti prego.

Possiamo salvarci.

Colpiscimi qua.

## DIVIER NELLI

# *Un grande amore*

### *1*

« Dove ho sbagliato? »

« Non hai sbagliato niente. »

Marco andava avanti e indietro per l'ampio e luminoso soggiorno. A un tratto si fermò per afflosciarsi sul divano.

« Laura... Io... »

Si allentò il nodo della cravatta, si passò una mano sulla faccia dai lineamenti tirati.

Quel pomeriggio era tornato dall'ufficio più tardi del solito; lei lo stava aspettando cambiata per uscire e gli aveva detto:

« Devo parlarti ».

« Ti spiace dopo la doccia? È stata una giornataccia. »

Si era tolto cappotto e giacca per appenderli all'attaccapanni nel corridoio, aveva abbandonato la ventiquattrore su una sedia e si era diretto alle scale. Solo a quel punto, aveva adocchiato le valige accanto alle gambe del tavolo.

« Che succede? »

« Ti lascio... »

Era iniziata così, all'improvviso.

«Non riesco a crederci. Dove... dove andrai?»

«Ho preso in affitto un piccolo appartamento in periferia.»

Lui scosse la testa. «E a Luca? Non ci pensi?»

«Sempre.»

E gli voleva un gran bene. Però doveva anche pensare a se stessa. Aveva la sensazione di non averlo mai fatto. Se le avessero domandato se in quei sette anni di matrimonio era stata felice – pienamente felice – avrebbe risposto che non ne era più sicura. Forse ne era stata solo illusa. Sua madre aveva ragione: le donne hanno la straordinaria capacità di autoconvincersi e contagiarsi a vicenda.

«Tesoro...» le aveva detto un giorno, tanti anni prima. «Le tue amiche si fidanzeranno, e ti farai venire la voglia di fidanzarti... Si sposeranno, avranno dei figli, e ti farai venire...»

Comunque...

Era stata bene, non poteva negarlo. Ma felice è una parola grossa che non si sentiva più di poter adoperare. La felicità è un'altra cosa, l'aveva capito.

«Mi dispiace.»

Laura gli voltò le spalle, guardò il giardino ben curato oltre la grande portafinestra.

Pioveva da cinque giorni, e quel tempo triste e grigio come metallo le sembrava adattarsi perfettamente alla drammaticità della situazione.

«Non posso continuare a fingere. Ci ho provato... Marco, devi credermi. Ci ho provato. Ma non ce la faccio...»

Aveva riflettuto a lungo su come affrontare suo marito, soprattutto sulla reazione che avrebbe scatenato. Era una situazione molto delicata. Doveva stare attenta a quel che diceva, a non tradirsi. Se Marco avesse saputo la verità... Prima o poi sarebbe accaduto, era inevitabile, ma più riusciva a rimandare meglio sarebbe stato per tutti.

Nelle ultime settimane, era stata malissimo. Aveva cercato di nascondere l'insofferenza, i repentini cambiamenti d'umore. Le faceva schifo stare a tavola con lui, osservarlo mangiare, condividerci lo stesso letto o vedere nel bagno i loro spazzolini da denti affiancati dentro al bicchiere. Persino la voce le risultava insopportabile, la rendeva nervosa.

Si fece coraggio. Tutto stava per finire. Ci sarebbe stato un nuovo inizio con il più incredibile Amore della sua vita. Il *suo* Amore. Dio, com'era bello! Quanto la faceva sentire viva. Le sembrava di essere tornata ragazzina, ma con la consapevolezza di una donna matura.

«Laura...»

«Che c'è?»

Si voltò a fissarlo. Non ne poteva più, non vedeva l'ora di andarsene, ma ci voleva ancora un po' di pazienza. Glielo doveva.

## *2*

La porta si richiuse, e Marco si prese la testa tra le mani.

Qualche istante, e sentì la Opel Corsa di lei accendersi,

uscire dal giardino in retromarcia, allontanarsi. Ebbe la brutta sensazione che se ne andasse una parte di sé.

«Sono innamorata...»

Laura glielo aveva detto senza tanti giri di parole, sostenendo il suo sguardo; lui si era sentito morire. Gli aveva anche detto che non aveva sbagliato niente, eppure...

Doveva bere qualcosa di forte; sciogliere il groppo che gli ostruiva la gola; cercare di riempire il vuoto interiore che provava.

Prese dalla credenza un bicchiere spesso, la bottiglia di *Laphroaig* invecchiato dieci anni e sedette al tavolo. Si versò tre dita di *single malt* e buttò giù un sorso robusto che gli bruciò la gola e gli aumentò all'istante la salivazione.

Sono uno stupido. Come ho fatto a non accorgermi di niente?

Era come un film già visto. E lui che credeva di conoscerla come le sue tasche! Se glielo avessero chiesto, meno di un'ora prima avrebbe risposto che erano una coppia felice, sì, stabile e affiatata.

Quanto a lui... be'... Ci sarebbe voluto del tempo per capire. Un uomo tradisce e torna dalla moglie, ma quando è quest'ultima a fare il passo...

«Me ne vado...»

Marco scosse la testa. Non le aveva mai fatto le corna, anche se le occasioni non erano mancate. Era convinto di essere sempre stato un buon marito, un ottimo padre. Da cinque anni era direttore della conceria, aveva uno stipendio adeguato e non aveva mai fatto mancare niente alla sua famiglia.

E a letto? Come se la cavavano? Non poté fare a meno di ricordare le parole di suo nonno, che è lì, tra le lenzuola, che si risolvono molte delle questioni tra marito e moglie.

«Se va bene quello» gli aveva detto una volta il vecchio padre di suo padre dandogli una pacca sulla spalla e strizzandogli l'occhio, «si può sistemare pure tutto il resto...»

Da questo punto di vista, non avevano mai avuto problemi. Laura lo eccitava ancora: gli piaceva il suo corpo bianco, ben proporzionato, le gambe lunghe e affusolate, senza un'ombra di cellulite nonostante gli anta alle porte. Certo, dopo tanti anni insieme e con un figlio piccolo non lo facevano più con la frequenza di un tempo, però...

Marco svuotò di colpo il bicchiere per riempirlo di nuovo. Non sapeva che fare, si sentiva impotente, frustrato.

Poco prima le aveva domandato, scosso, mentre lei afferrava le valige per caricarle in macchina:

«Dove l'hai conosciuto? Come si chiama?»

Sospettava si trattasse di un collega d'ufficio. Ne era quasi sicuro. Magari Giacomo, quello che sembrava un attore, perennemente abbronzato, borioso, i denti così perfetti e bianchi da essere per forza finti.

E Laura, seria, guardandolo come fosse un bambino:

«È così importante?»

Sì, tutto lo era. Perfino i dettagli più insignificanti. Marco voleva sapere, doveva sapere. Per poter fare dei confronti, perché la sua natura di maschio era ferita, anche se questo lo avrebbe fatto soffrire.

Merda...

Sbatté il pugno sul tavolo, il whisky nella bottiglia tremò. Non riusciva a capacitarsi come fosse potuto succedere. Forse negli ultimi tempi aveva pensato troppo al lavoro, tralasciando il resto, rientrando tardi e stanco alla sera.

Svuotò il bicchiere, lo riempì. Era a stomaco vuoto, iniziava a girargli la testa, i pensieri si aggrovigliavano. Avrebbe dovuto mangiare qualcosa, ma non aveva fame. Non ne avrebbe avuta per un pezzo, qualcosa in lui si era inceppato. La sola idea del cibo gli dava la nausea. No, non stava affatto bene. Luca per fortuna era a casa di un amichetto, lo avrebbero riaccompagnato i suoi.

Marco salì lentamente al piano di sopra, nel bagno, curvo come avesse avuto sulle spalle cento o più anni. Doveva cercare di reagire. Il figlioletto non doveva trovarlo in quelle condizioni. Doveva pensare qualcosa da raccontargli, di sicuro avrebbe fatto domande.

«Dov'è la mamma...?»

Rimase a lungo sotto il getto d'acqua bollente, immobile, rivedendo Laura con gli occhi della mente, sempre più bella, le labbra rosa che si schiudevano per regalargli un sorriso dolcissimo... Laura quando si erano conosciuti, tanti anni prima, alle superiori, maglietta, jeans sdruciti e scarpe da ginnastica... Laura in completo scuro, gonna e camicetta, un ciondolo d'argento a forma di cuore al collo, scarpe con qualche centimetro di tacco che se ne andava a passo svelto con le valige per uscire dalla sua vita...

## *3*

In macchina, Laura si mise l'auricolare, compose il numero di cellulare della madre e le raccontò parte dell'accaduto mentre attraversava la città.

«Cosa?» La donna era allarmata.

«Sto andando nella mia nuova casa.»

«Accidenti...»

Laura la immaginava che si sedeva in poltrona per la forte emozione.

«Sei proprio sicura della tua decisione?»

«Sicurissima.»

Rimasero in silenzio, e dopo un po' l'altra le chiese con voce afflitta di farle il favore di pensarci ancora.

«Spero tu abbia valutato le cose con attenzione, magari tu e Marco state passando solo un brutto momento e...»

«Non posso farci niente» tagliò corto. «Mamma, quello che provo è più forte di me...»

Inserì la freccia, attese il suo turno per svoltare e dirigersi verso una nuova esistenza col suo grande Amore.

## *4*

«Perché non hai voluto vedermi prima? Avrei potuto darti una mano.» La madre indicò i numerosi scatoloni sparsi qua e là, ancora pieni zeppi di roba.

«Volevo stare da sola. Organizzarmi. Andiamo in cucina...»

Laura aveva opposto resistenza per alcuni giorni, poi era stata costretta a cedere e rivelarle il suo nuovo indirizzo.

L'appartamento – salotto, cucina, camera da letto e bagno – si trovava a un chilometro circa dal centro cittadino, in una zona residenziale tranquilla, circondata dal verde.

«Marco come sta?»

«Male» rispose Laura svitando la moka per sciacquarla, in piedi accanto al lavello col rubinetto aperto. «Mi massacra di telefonate e messaggini.»

«E Luca?»

«Per il momento non si rende conto.»

La donna la osservò in silenzio accendere il fornello sotto la caffettiera, disporre sul tavolo il vassoio con tazzine, cucchiaini e zuccheriera.

«Cercate almeno di tenerlo fuori dai vostri problemi, d'accordo? Alla fine sono sempre i figli a subire le scelte e le ripicche dei genitori. Carla mi ha raccontato che Alessandro e sua nuora si contendono il loro come una palla. Non si sono nemmeno accorti che quella povera creatura ha iniziato ad accusare i primi disturbi.»

Laura esitò, rabbuiata. «Ci starò attenta.»

«Senti... Lui chi è?»

«Ti prego...»

«Lavora con te?»

«Mamma, non ti ci mettere anche tu.»

Sorseggiarono il caffè e parlarono molto: di Marco, del piccolo Luca, della separazione, di ciò che sarebbe potuto succedere.

Alla fine la madre sospirò, sollevò la manica del maglione di cashmere, e diede una sbirciata al microscopico orologio.

«Si è fatto tardi. Poi non mi racconti niente. Sei così misteriosa... Ho appuntamento con Carmela...»

Indossò la lunga sciarpa e il cappotto col collo di visone. Andandosene le spiaccicò un bacio umido di rossetto sulla guancia.

«Chiamami in qualunque momento. Hai capito? Ciao...»

Laura rimase schiena contro la porta. Il cuore continuava a batterle forte, a rimbombarle nelle orecchie finché non sentì l'ascensore fermarsi al piano terra; il pesante portone richiudersi da solo con un tonfo sordo.

Adesso era più sollevata, andò in camera.

«Mi spiace, amore mio.» Aprì le ante dell'armadio quattro stagioni. «Dovevo mostrarle l'appartamento...»

Lo prese e lo distese nel letto, su un morbido cuscino con la federa color acquamarina ancora odorosa di bucato. Gli rivolse un sorriso carico di tenerezza, complice, soddisfatto. Vederlo aveva dissipato i cattivi pensieri, inondandola di una gioia calda e rassicurante.

«Siamo di nuovo soli.» Si sfregò le mani. «Io continuo a mettere in ordine...»

Inginocchiata sul soffice tappeto del salotto, prese uno scatolone e iniziò a tirare fuori con delicatezza dei bicchieri avvolti nella carta di giornale. Ne aveva già scartati cinque allineandoli sul tavolinetto di cristallo davanti al divano quando sollevò la testa per dire a voce alta:

«Amore, sai che ti amo da matti?»

## 5

Quando ricevette la chiamata che aspettava, la moglie lo aveva lasciato da alcune settimane. Non c'era stato verso di farsi dire chi fosse l'altro, si era dovuto arrangiare da sé.

Prima di rispondere « Pronto », Marco si adombrò e serrò le labbra. Ci siamo.

« Signor Lupi, ho novità per lei... »

Aveva chiuso la porta dell'ufficio perché nessuno potesse ascoltare. Rimase in attesa, rigido: la cosa gli sarebbe venuta a costare parecchio, ma finalmente l'uomo che gli aveva portato via Laura avrebbe avuto un nome e un volto; avrebbe saputo tutto sul suo conto.

« Bene. Mi dica. »

L'ansia lo attanagliava, era sulle spine. Si aspettava la conferma che si trattasse di un collega della moglie. Giacomo, sì, doveva essere lui. Ripensandoci, Laura ne aveva spesso parlato con entusiasmo. Era un segno, e lui, stupido, non l'aveva colto.

« Dovrebbe venire in agenzia. »

« Certo. Ma non può anticiparmi qualcosa? »

E dall'altra parte:

« Meglio di no. Preferirei non parlare al telefono di una faccenda così delicata... »

## 6

Sedeva nervoso su una poltroncina verde sbiadito mentre il titolare dell'agenzia di investigazioni Firedog lo osservava da dietro la massiccia scrivania ingombra di carte.

«Signor Lupi, questo è quello che io chiamo un G.C.»

Marco aggrottò la fronte. «Un G.C.?»

L'uomo annuì. «Un Gran Casino. Sua moglie non le ha raccontato esattamente la verità.» Gli allungò una grande e anonima busta marrone sigillata. «Dentro c'è tutto quello che le serve, ma la apra quando sarà da solo.»

«Non capisco.»

Marco era confuso. Perché tanto mistero per una faccenda di corna? In fondo, era stata lei a confessarglielo.

«In venticinque anni di attività in questo settore, mi creda, ho visto di tutto. Mogli lesbiche, mariti finocchi che la notte facevano marchette, figli tossici scappati di casa, giocatori d'azzardo pronti a scommettersi madre e figli, puttane da strada e d'alto bordo, magnaccia, spacciatori, truffatori, potrei andare avanti così fino a farle venire la nausea...»

L'investigatore, più anziano di lui ma decisamente più in forma, si interruppe. Guardò dalla finestra un lampione circondato da un alone biancastro, gli alberi nudi e neri che crescevano nel triste cortile interno del palazzo.

«Ma in tutta sincerità» tornò a fissarlo «devo ammettere che non mi sono mai imbattuto in una situazione come la sua...»

# 7

La madre ammiccò ai quadri, una decina fra grandi e piccoli, comparsi sulle pareti dell'appartamento. Nonostante il diverso punto di vista, raffiguravano tutti il medesimo soggetto: una vecchia, tozza e squadrata torre di pietra grigia che si ergeva a fianco di una piazzetta cosparsa di pini. C'era pure qualche litografia.

«Il pittore.»

«Cosa?»

«Quello con cui vai fa il pittore.»

«Sei fuori strada.»

«Meglio. Perché di questi non deve venderne molti.»

Laura le lanciò un'occhiataccia. «Mamma, non sono affari tuoi.»

«Non capisco perché ti ostini a non dirmi niente di lui... Artista o meno, queste croste le toglierei immediatamente. Sono orribili. E pure questa torre...»

«Faccio come mi pare» rispose offesa. «Quella è la Torre Matilde e si trova a Viareggio...»

Sul viso della donna apparve un'espressione stupita. «Tesoro, ti senti male?»

E lei:

«Scusami...»

Stava esagerando. Se ne era resa conto appena in tempo, cercò di recuperare la calma.

«Mamma, è un brutto periodo.»

Avrebbe voluto aggiungere, per dispetto: «Possiedo anche un mucchio di cartoline della torre e non solo quelle».

Ma si limitò a un:
«Marco mi sta rendendo la vita difficile...»

## *8*

Uscito dall'agenzia Firedog, Marco si precipitò nella sua Mercedes Serie 3 Touring parcheggiata sull'altro lato della strada.

Non sentiva il gran freddo, non si accorgeva che il fiato si trasformava in candide nuvole di vapore: le parole dell'investigatore lo avevano reso ancora più serio, preoccupato.

Che intendeva dicendo di non essersi mai imbattuto in una situazione come la sua? E perché non aveva voluto che vedesse il contenuto della busta in sua presenza?

Era tutto così strano! La sua vita, le certezze che aveva, tutto quanto stava andando in pezzi.

Dopo averlo accompagnato alla porta, stringendogli la mano, l'uomo gli aveva detto:

«Signor Lupi, le faccio i miei auguri per la gua... la risoluzione dei suoi problemi...»

Accese la luce interna dell'abitacolo. Con dita tremanti, lacerò il bordo della busta, si rovesciò il contenuto sulle ginocchia: una ventina di stampe fotografiche, una chiavetta USB con le immagini digitali e un foglio stampato con alcune spiegazioni. Sulle foto, fatte di certo col teleobiettivo, comparivano luogo, ora e data.

Marco sbatté le palpebre due, tre volte.

«Ma che cazzo...»

Ciò che vedeva era incredibile, al di là della sua immaginazione.

In uno scatto Laura stava abbracciando una torre di pietra grigia. In un altro la baciava, l'espressione soddisfatta. Un altro ancora la ritraeva inequivocabilmente mentre...

Quando accese il motore per tornare da suo figlio che aveva passato il pomeriggio con la baby sitter, non sapeva se mettersi a piangere o scoppiare a ridere. Il peso del tradimento era scomparso, ma al suo posto ce n'era un altro non meno inquietante.

Si immise nel traffico, pensando al modo di riportare a casa sua moglie.

## *9*

«Torno subito...»

Una languida carezza, lo lasciò adagiato sul divano con la tv accesa per correre nuda e scalza nel bagno.

Laura si sentiva euforica, traboccante di un'energia che mai avrebbe sospettato di possedere. Non era stato uno scherzo arrivare fino a lì. Forse il peggio doveva ancora venire, e questo iniziava a spaventarla.

Nelle ultime settimane sua madre aveva continuato a farle l'interrogatorio, sempre più sospettosa:

«Chi è?... Che lavoro fa?... È sposato?... Ha dei figli?... Che aspetto ha?...»

Anche Marco aveva insistito, divenendo ogni volta più arrabbiato, insopportabile:

«Devi dirmi come l'hai conosciuto... Devi dirmi chi cazzo è... Dev'essere qualcuno del lavoro... Quel Giacomo...»

Laura teneva duro; era una funambola che miracolosamente rimane in equilibrio su un filo interdentale a un chilometro da terra con un vento che soffia a cento all'ora. Questa storia non poteva tirarla tanto per le lunghe, ne era consapevole.

Una cosa era sicura, cristallina come il sentimento che provava: quando si sarebbe decisa a raccontare la verità – tutta la *verità* – sarebbe successo l'imponderabile.

Fece pipì, la mente a quando lo aveva visto la prima volta, una domenica di fine ottobre, illuminato in pieno da un tiepido sole pomeridiano.

Era rimasta paralizzata, senza fiato, occhi e bocca spalancati al cospetto di tanta bellezza e perfezione. Le era venuta la tachicardia, aveva sentito uno sciame di farfalle impazzite svolazzarle nella pancia in cerca di una via di fuga.

Era stato tutto così repentino che non era riuscita a dissimulare le emozioni in presenza di Marco. Le aveva domandato se fosse tutto a posto, e lei, quasi incapace di parlare:

«Sì... Sì... Mi sta solo per venire il ciclo».

Lo amava! Dio, quanto lo amava. Non pensava ad altro. Quando era in ufficio smaniava dalla voglia di rincasare per vederlo, per stare in sua compagnia. Sognava a occhi aperti il momento in cui avrebbe ottenuto il divorzio. Chissà, magari un giorno avrebbe potuto pure sposarlo. Sarebbe stata una cerimonia privata.

Con pochissimi intimi: quelli – ammesso che ce ne fossero – che avrebbero capito e rispettato la genuinità di ciò che provava.

Calmati, si disse Laura seduta sul bidè mentre si lavava. Stai correndo troppo. Goditi un momento per volta. È meglio. Molto meglio!

Però le sfuggì un sorriso pensando al cognome che avrebbe preso, a chi mai avrebbe avuto il coraggio di celebrare un simile matrimonio, tra l'altro senza alcuna validità.

Guarda al presente. Sì. Continua a goderti questa serata perfetta.

Aveva cucinato canticchiando uno dei piatti che le riuscivano meglio: filetto di maiale in crosta e contorno di patate arrosto. A cena, bevendo dell'ottimo Rosso di Montalcino, aveva raccontato al suo Amore altre cose del marito, della vita di coppia, del loro unico figlio...

«È buffo, sai? È un bambino molto sveglio e intelligente...»

Dopodiché, lo aveva condotto in salotto e lì...

... era avvenuto con estrema tenerezza, come al solito, senza alcuna fretta o pretesa, la tv a basso volume su MTV che trasmetteva i più famosi videoclip d'amore degli anni Ottanta.

Me-ra-vi-glio-so!

Guardandosi nello specchio sopra il lavandino, Laura si rimise in ordine i lunghi capelli neri, lisci. Li avrebbe tagliati. Nuova vita, nuova acconciatura. Avrebbe chiesto al parrucchiere di suggerirle qualcosa. Anzi, gli avrebbe dato carta bianca. Fa' quello che vuoi.

Quanto al colore... poteva lasciarlo così o farsi bionda, era parecchio che ci pensava.

Riapparve in salotto dopo essere passata dalla cucina, in mano la mezza bottiglia di vino avanzata dalla cena. In tv Joe Cocker cantava *You Can Leave Your Hat On* sulle immagini di *Nove settimane e mezzo.*

*... Come over here / Stand on this chair...*

« Amore... »

*That's right / Raise your arms up into the air / Now shake 'em...*

« Io ne prendo un altro po'... »

*You give me a reason to live / You give me a reason to live / You give me a reason to live / You give me a reason to live...*

Si riempì il bicchiere, gli sedette accanto, vicinissima, gambe piegate sotto al sedere.

*You can leave your hat on / You can leave your hat on / Feeling / You can leave your hat on / You can leave your hat on / You can leave your hat on / You can leave your hat on...*

« Sai che ti dico? »

Laura distolse l'attenzione dalla sexy Kim Basinger che ballava abbassandosi la spallina della sottoveste. Allungò una mano per toccarlo con la punta delle dita e fu percorsa da un brivido che le lasciò la pelle d'oca.

« Ho ancora voglia. » Una luce le guizzò negli occhi grigi tempestati di pagliuzze verdi. « Il cappello non me lo sono lasciato » rise. « Pensi ti possa andare bene lo stesso? »

## *10*

«Luca ha iniziato a farmi un mucchio di domande. Cosa vuoi che gli dica?» Alzò la voce. «La mamma mi ha lasciato per stare con un...» Il pomo d'Adamo andò su e giù. «Te lo confesso. Questa... Questa...»

Marco si fermò di nuovo; lei ebbe l'immediata consapevolezza che da quella bocca sarebbe uscito qualcosa di tremendo, che l'avrebbe ferita.

Disse:

«Malattia».

«Non è una malattia.»

«Invece sì.»

«Se la pensi così... Scendi e vattene.»

«Che cazzo dovrei pensare, eh?»

Stavano parlando nella Opel, perché Laura si rifiutava di rientrare in quella che era stata la loro casa.

«Quello che vuoi» rispose. Poi incrociò le braccia, tornò a fissare la strada illuminata dai lampioni in ferro battuto. Non riusciva a capacitarsi che Marco avesse scoperto tutto.

Da un portone uscì un anziano con un cane altrettanto vecchio e spelacchiato che si mise ad annusare la ruota di una moto, sollevò la zampa e orinò.

«Al momento giusto sarò io a spiegare tutto a Luca. Vedrai che capirà...»

«Come no? Intanto cerca di spiegarlo a me.» Le afferrò il braccio.

Laura diede uno strattone per cercare di liberarsi, ma lui non la mollò serrando ancora di più la presa.

«Smettila» urlò. «Mi fai male. Mi fai paura.»

«Anche tu.» Marco aveva la voce esasperata, gli occhi spiritati, i capillari rotti, sembrava non dormire da giorni. «Non so più chi cazzo è mia moglie, cosa le è successo, cosa...» La lasciò andare. «Ti devi curare. Ti farò curare. Torneremo a essere una famiglia normale. Insieme ce la faremo. Andremo dai migliori specialisti.»

«Non voglio.» Laura si asciugò le lacrime col palmo della mano. «Non ho nulla che non va, nulla di cui vergognarmi.»

«Devi farti vedere da un dottore...»

Era seccata che il marito – anzi l'ex marito come ormai lo considerava – le si rivolgesse in modo tanto compassionevole e avesse adoperato la parola *normale*.

«Ho letto che in alcuni casi l'oggettofilia...»

«Smettila!»

«Smettila tu di essere così stronza. Mia moglie mi lascia dicendo che si è innamorata, mi brucia, sono geloso, distrutto, ma posso arrivare anche a capirlo. Ma quando scopro che si tratta di... una costruzione, di una torre... ecco, questo proprio... Mi sembra da fuori di testa.» Si zittì. «Merda, è un oggetto!» Gli sfuggì una risatina che aveva un che di isterico. «Te ne rendi conto? Una cosa inanimata.»

«Per me non è una cosa. E ha un'anima.»

«Laura...»

«Marco, fattene una ragione. Ne ho anche un pezzo a casa!»

E ancora, perché rifiutava a priori di cercare di comprenderla o anche di provarci, per punirlo:

«Se vuoi saperlo, mi scopo la sua statuina... Contento adesso?»

Allora lui sollevò il pugno e...

## *11*

Si svegliò un attimo prima che la colpisse in pieno viso. Era coperta di sudore freddo, tremava. Aveva avuto un incubo. L'ennesimo.

Qualche giorno addietro ne aveva fatto uno anche peggiore.

Suonavano alla porta. Andò ad aprire e si trovò Marco davanti, con una mazza di legno. Provò a richiudere, ma lui bloccò il battente con un piede, riuscì a spingerla via ed entrò urlando:

«Dov'è quella statuina di merda?»

Iniziò a spaccare tv, mobili, quadri, tutto quanto... Era inarrestabile. Una furia.

Spaventata, Laura corse in cucina e tornò con un grosso coltello.

«Toccalo» lo minacciò tremando, «e giuro su nostro figlio che ti sbuzzo...»

A questo punto aprì gli occhi, i battiti a mille. Piumone e lenzuola erano caduti sul pavimento.

Laura allungò una mano nel buio, toccò il suo Amore per rassicurarsi. Così non poteva andare avanti, anche se aveva paura che i suoi trovassero il modo di farla ricoverare. Ci pensava sempre più spesso. Si era pure sognata l'incontro con lo specialista.

«Signora, perché ama un edificio?»

«Perché è così straordinario, così caro, così speciale...»

«Intendevo... perché un edificio e non un essere umano?»

«Sento di doverlo fare.»

«Da bambina ha subito abusi?»

«No.»

«Sua madre beveva quando era incinta?»

«No, che io sappia.»

«Ha mai avuto problemi quando era a scuola?»

«No.»

«Dipendenza da alcol o altre droghe?»

«Mai.»

«Quando era adolescente le è mai capitato di provare...»

Questa sarebbe stata la domanda più pericolosa.

Quando aveva quindici anni aveva avvertito qualcosa di forte nei confronti di un carillon di Veronica, una cuginetta. Era di legno intarsiato, raffigurava la cattedrale di San Basilio nella Piazza Rossa di Mosca. Lo aveva preso tra le mani, non voleva più lasciarlo, non poteva smettere di toccarlo.

«Lei si masturba con...»

Avrebbero cercato spiegazioni freudiane:

«Ama un edificio perché in qualche modo le ricorda un grosso fallo. E se non può avere gratificazione sessuale senza la presenza di un fallo, di conseguenza...»

Avrebbero tentato di convincerla che era sbagliato, senza preoccuparsi di cosa sentiva in realtà nel profondo del suo cuore.

«Deve amare una persona!»

Quindi l'avrebbero imbottita di psicofarmaci.

Laura si rigirò nel letto, accarezzò il suo Amore, delicatamente, come fosse il tesoro più prezioso del mondo, dell'universo. Dopodiché si mise pancia in su, occhi fissi nel buio.

Si domandò se quello che aveva fatto ne valeva davvero la pena e si rispose sì, non c'è dubbio. Mi devo trasferire a Viareggio prima possibile. Non so come, ma lo devo fare. Così potrò stargli vicino. Ma prima devo parlare con Marco, chiarire le cose in modo da non perdere mio figlio. Non voglio che un giudice mi impedisca di vederlo e...

## *12*

Era l'ora di pranzo dell'indomani, venerdì. Marco le telefonò durante la pausa, cogliendola in contropiede.

«Possiamo vederci? Ti devo parlare.»

Laura era meravigliata: il tono di lui era più calmo delle altre volte.

«Certo. Dove?»

«Qui a casa ti va bene?»

«D'accordo. Alle sette?»

«Alle sette.»

«Marco...»

«Dimmi.»

«Ci ho ripensato... Facciamo da me?»

## 13

Si presentò con qualche minuto di anticipo, la baciò sulla guancia e le fece i complimenti per i capelli tagliati a caschetto. Indossava un abito blu in fresco di lana che non gli aveva mai visto. Laura pensò che gli donava e si fece da parte per lasciarlo entrare.

« Carino. » Marco si guardò intorno. « Ti sei sistemata bene. »

« Grazie » rispose spiazzata. « Mettiti comodo. Preparo qualcosa da bere... »

Aveva provato e riprovato la scena. L'idea era di sedersi sul divano in salotto e dirgli:

« Non c'è nessun altro uomo. Penserai che sono pazza, ma... »

Avrebbe vuotato il sacco, cercando di spiegargli ciò che provava da quella domenica di quattro mesi prima, quando erano andati a Viareggio e si era trovata davanti alla Torre Matilde, l'edificio più antico della città di cui conosceva tutta la storia a memoria. Non sarebbe stato facile, ma ce l'avrebbe messa tutta.

Gli avrebbe detto che l'aveva amato dal primo istante. Che dopo non pensava ad altro. Ne era attratta. In modo indecente. Era ossessionata; voleva accarezzarlo; passare del tempo con lui; viverci insieme...

Gli avrebbe detto che lo amava per la sua forma, la semplicità delle sue linee, per quelle sue pietre squadrate e resistenti. Che amava anche i suoi difetti, sì, tutti quanti, perfino le cicatrici lasciate dal tempo. Che era gelosa marcia delle piante rampicanti, delle chiazze di muschio che crescevano qua e là sulla sua facciata, perché potevano stargli attaccate giorno e notte, col buono e il cattivo tempo, ormai come fossero una cosa sola...

Gli avrebbe detto che nel mondo c'erano altre donne che provavano ciò che provava lei. E pure alcuni uomini! C'era una tipa innamorata alla follia di una giostra e desiderava sposarla. Un'altra che aveva una relazione con il muro di Berlino. Un tale del Texas aveva sposato la cupola di San Pietro con una cerimonia privata e...

« Ti ho fatta pedinare da un investigatore. »

Laura sussultò e si voltò di colpo, i bicchieri in mano. Marco era nel vano della porta, la spalla contro lo stipite. Era talmente presa dai suoi pensieri che non lo aveva sentito avvicinare.

« So che questo ti fa incazzare, ma non volevi dirmi chi era... Sono contento di averlo fatto. »

Prima, riflettendoci, non sapeva se lui avrebbe dato i numeri o meno. Ora lo osservava con attenzione, lo studiava: era calmo, sorrideva. Si stava forse prendendo gioco di lei? Per farle poi qualche brutto tiro? Per dirle che...

« Perché non me ne hai parlato subito? »

Marco cavò dalla tasca alcune foto, le poggiò sul ripiano del tavolo. Prima di guardarle, Laura tolse la bottiglia fresca dal frigo, prese tempo versando nei calici il vino bianco. Gli scatti la ritraevano con il suo Amore, a Viareggio, ma non era affatto arrabbiata.

« Non mi sembrava il caso. 'Ti lascio perché amo una torre, e convivo con la sua statuina', è così che dovevo dirti? »

« Senti... Perché non ci ripensi e torniamo insieme? »

«Non posso.» Gli passò il bicchiere, lo sguardo sul pavimento.

«Invece sì.» Le si avvicinò, le prese la mano. «Puoi portare anche la tua torre.»

Laura non ci capiva più nulla. Si aspettava una reazione, magari violenta, lui che alzava la voce, urlava, invece...

«Ti rendi conto di quello che dici?»

«Certo.»

«Non credi che sia malata? Che abbia bisogno di uno psichiatra?»

«Sei sempre la stessa persona o no?»

«Certo.»

«Allora non hai bisogno di cure. Non per me.»

«Ma tu...»

«Io cosa?»

Una pausa.

«Mi vorrei trasferire a Viareggio per stargli più vicina.» Voleva metterlo alla prova. «Sento la sua anima. Tutta la materia ne ha una. La sua statuina ne rappresenta l'essenza e ci parlo, ma non ce ne sarebbe bisogno perché tra noi c'è una connessione... E ci faccio sesso... Adesso continui a pensare che sono normale?»

«Sei o non sei mia moglie, la madre di nostro figlio Luca?» domandò Marco con dolcezza fissandola negli occhi.

Prese una sedia, la girò e si mise a cavalcioni. Si bagnò le labbra, poi posò il bicchiere sul tavolo.

Laura scosse la testa: le sembrava impossibile. Forse anche questo era un sogno, presto si sarebbe svegliata nel cuore della notte come già le era capitato altre volte.

«Non sei geloso?»

«Della Torre Matilde? Per niente.»

Il sorriso di Marco si allargò, gli occhi celesti erano brillanti, sinceri.

«Tra noi non può esserci concorrenza. Ti rivoglio. Metteremo la statuina nel letto con noi. Se vorrai, andremo a stare a Viareggio. Per me non è cambiato niente. Torna a casa, Laura.» Riprese il bicchiere, lo sollevò. «Dai, facciamo un brindisi... Poi andiamo a cena al ristorante. Non dirmi di no. Prenoterò per tre!»

# PAOLO NORI

## *Chissà se possiamo*

C'era voluto del tempo, prima che saltasse fuori Zioboja.

Io subito avevo pensato che la cosa da dire era che non ne sapevo niente.

E chissà perché avevo accettato.

Avevo accettato così, m'avevan preso di sorpresa, mi avevan chiesto di scriver qualcosa, non sapevo cosa rispondere, non ho risposto niente, poi mi son dimenticato e dopo un po', tipo dopo una settimana, me l'han richiesto.

Ma allora scrivi? mi han chiesto, e io mi sentivo in colpa che non gli avevo risposto, Certo, gli ho detto, sono contento, grazie che mi avete invitato, scrivo volentieri, gli ho detto, e ero anche sincero, mi sembra, era tipo quattro mesi prima, però poi dopo, adesso, per dire, quattro mesi dopo, cosa vuoi che scriva?

Non ne so niente.

Mi avevano scritto anche il giorno prima, avevano scritto loro, per posta, A che punto sei? mi avevano chiesto.

Sono avanti.

Non avevo neanche cominciato.

No perché non si trattava di... cioè, non è che dovevo scrivere un pensiero, una mezza cartella, una paginetta, no no. Quindici pagine.

Cioè, quindici pagine di niente, a me sembrava che fossero troppe. Che non è che, cioè non ci mettevo mica niente, non ero mica io, io le scrivevo, cosa vuoi che ci mettessi, non ci mettevo niente, il problema non ero mica io che le dovevo scrivere, no, il problema eran quelli che le dovevan leggere; cioè un po' anche per me, ma soprattutto per loro. Però un po' anche per me, eh?

Che io, se fosse stato per me, sarei andato a letto.

Mi veniva su un sonno, quei giorni lì, al pomeriggio.

Solo che andare a letto, al pomeriggio, se non dovevi far niente era bellissimo, cioè, adesso, bellissimo, era bello, a me piaceva, però se dovevi fare qualcosa, andare a letto non te la godevi mica tanto.

Eri sempre lì a pensare a quelle quindici pagine che dovevi scrivere. Non era bellissimo. E neanche bello.

Almeno dovessi parlare di niente, parlare di niente sarei capace, non ne so niente, mi inviti a nozze, a parlare di niente, pensavo.

C'era un mio amico, si chiamava Franco, lo sai come mi chiamava, a me? A me. Sai come mi chiamava? Il nullologo. Perché diceva sempre che io, diceva che a me mi chiamavano dappertutto a parlare di tutto, e io cominciavo sempre dicendo Non ne so niente.

Che era vero, ma cosa dovevo dire? Se non ne sapevo niente, dicevo: Non ne so niente; cioè se ne sapevo qualcosa dicevo: Ne so qualcosa, ma visto che non ne sapevo niente, cosa vuoi che dicessi? Dicevo: Non ne so niente. Ti sembra sbagliato? A me mi sembra giusto.

Ho anche organizzato un convegno, sul niente. Mica da solo, con degli altri. O meglio, non proprio sul niente, sul nulla. Convegno sul nulla, si chiama. Vien della gente da tutt'Italia, a parlare. Io, non dico niente. Io presento, introduco, l'abbiam fatto a Ravenna, è venuto bene, era la prima volta, non l'avevamo mai fatto, è stato un numero zero, per così dire, adesso lo rifacciamo a Bologna, vediam come viene. Con anche dei biologi, degli astronomi, con anche una, come si dice, una cosa lì, come si dice, una dottoressa delle donne, una ginecologa. Eh. Lei parla della menopausa. No, interessante. Cioè lì a Ravenna son state otto ore, tra tutto, è stato molto bello, secondo me.

C'era anche un guardalinee, che però non voleva che si dicesse. Per la privacy.

Lui è venuto a parlare degli zero a zero nelle partite di calcio. Però non dovevamo dire che era un guardalinee. Per la privacy. Perché loro, quelli dell'associazione dei guardalinee, preferiscono di no. Che i guardalinee, cioè, son quelli che danno i fuorigioco, c'è della gente che dopo si arrabbia, meglio che siano in incognito. Cioè non è bene che vadano in giro a dire Io faccio il guardalinee, io faccio il guardalinee. Come gli arbitri. Cioè un po' meno, ma come loro. Che dev'essere strano. Che magari loro sono appassionati, del loro mestiere di guardalinee, però non possono dirlo. Mi sembra così strano.

Ero anche andato a rivedere il contratto, c'era proprio un contratto, mi avevan mandato un contratto, io l'avevo firmato. Tipo quattro mesi prima, era successo. Ero andato a rivederlo perché mi sembrava un po' esagerato, quindici pagine su un argomento che non ne sapevo niente. Invece era proprio quindici pagine.

Trentamila caratteri. Trentamila caratteri su un argomento che ne avevo scritti quasi cinquemila, di caratteri, non l'avevo ancora nominato. Ma si può? pensavo io l'altro giorno e poi dovevo uscire che dovevo andare a prendere la Battaglia che poi dormiva da me e dovevo passare al supermercato che le dovevo far da mangiare e ci passavo e poi glielo facevo, e le facevo gli spaghetti alle vongole.

Prendevo un sugo pronto, al supermercato.

E alla Battaglia piacevano, però era un po' contrariata dal fatto che, insieme alle vongole, c'era anche del pomodoro.

Diceva che a lei non piacevano, questi abbellimenti come il pomodoro. Che quando si dice alle vongole, dev'essere alle vongole, diceva.

E poi guardavamo un film cioè lei, lo guardava, io mi addormentavo, mi svegliavo alle due del mattino e andavo avanti un altro po' a scrivere, di notte, e lavoravo fino alle quattro del mattino e andavo a dormire che poi dovevo anche andare a Milano che era annunciato anche uno sciopero dei treni, non è che era un giorno così, basta che sia, non ce n'erano più, di giorni così, basta che sia, mi sembrava.

E Ma te, mi aveva poi chiesto la Battaglia al mattino intanto che andavamo a scuola in bici, ma te, lo sai che Olio e Olio recitavano insieme e poi quando quello grasso è morto quell'altro non ha mai più fatto dei film?

Olio e Olio? le avevo chiesto io.

No, mi aveva detto lei, Aglio e Olio.

E dopo ero tornato a casa, mi avevan telefonato in due, una giornalista che faceva un'inchiesta sugli scrittori che fan gli scrittori di mestiere, e un organizzatore che voleva chiedermi se per una cosa che organizzava lui gli scrivevo un discorso sul ridicolo, Va bene, gli avevo detto io.

La giornalista, invece, voleva sapere quanto guadagno io all'anno e io non gliel'ho mica detto, allora poi dopo voleva sapere quanto pagano per un racconto e io le ho detto la cifra che mi pagano per questo racconto qui e lei mi ha detto Così poco?

E io le ho detto Ma no, dipende, dipende dalla lunghezza, e lei mi ha detto Di quante cartelle, per esempio, quella cifra lì che mi ha detto, tre cartelle?

Ma sì, le ho detto io, tre quattro cartelle, adesso di preciso non mi ricordo, e invece mi ricordavo benissimo che le cartelle eran quindici, solo che se le avessi detto Di quindici cartelle, lei secondo me ci restava male, allora le avevo detto Ma sì, tre cartelle, tre quattro, adesso di preciso non mi ricordo, dovrei controllare il contratto, vuole che vada a controllare? le ho detto.

No no, mi ha detto lei, si figuri, è solo per avere un'idea, mi ha detto, e poi avevam messo giù che era ora di andare che dovevo far gli esercizi e lavarmi e preparare le borse che poi avevo il treno.

E un paio d'ore dopo, sul treno eurostar Italia AV9528 che da Bologna era partito per Milano con 25 minuti di ritardo causati dal fatto che un passeggero era stato male, l'era proprio venuto a prendere l'ambulanza, e l'aveva portato via con una barella e mi era passato proprio davanti al mio finestrino aveva la testa piegata e una smorfia di sofferenza dentro i vestiti da prima classe intesi come giacca blu cravatta nera camicia azzurra che spuntavano da sotto una coperta giallona del 118 che sembrava una coperta di quelle che davano ai militari che avevan fatto il servizio di leva a Falconara Marittima tra l'84 e l'85, dopo che eravamo partiti con 25 minuti di ritardo, dicevo, e che avevo aperto il computer e che mi ero messo a scrivere, mi era venuta in mente un'altra domanda della giornalista che ci avevo parlato al mattino, e la domanda era Chi invidia, di più, tra i suoi colleghi?, e io le avevo detto che quelli che invidiavo di più erano i miei amici, che se usciva un libro di uno che non conoscevo che vendeva moltissimo, io quello che l'aveva scritto non lo invidiavo perché, non so come mai, non mi sentivo in competizione, se usciva invece un articolo su un mio amico che conoscevo da anni e che aveva cominciato a scrivere magari nello stesso momento che avevo cominciato io a me mi pungeva un'invidia che era difficilissima da mettere a tacere, l'unico modo era telefonare a quel mio amico lì e dirgli Ho visto l'articolo che han scritto su di te, sul giornale, prima di leggerlo mi chiedevo come mai ti davan tanto spazio a te, invece che a me, per esempio, ero un po' invidioso, dopo l'ho letto, mi è piaciuto.

Però la giornalista non era mica contenta voleva che manifestassi dell'invidia per della gente famosa, Chi invidia, mi aveva chiesto, di quelli grandi, di quelli che vendono tanto, di quelli che guadagnano tanto, e io ci avevo pensato ma mi sembrava di non invidiare nessuno, di quelli grandi, di quelli che vendono tanto, Se non invidia nessuno, allora chi ammira? mi aveva chiesto lei, e io le avevo risposto che ne avevo conosciuto uno famoso che adesso il nome è meglio se non lo scrivo che se no dopo sembra che faccio i nomi di quelli famosi che conosco per vantarmi che conosco quelli famosi, e sembra così, eh?, io prima l'ho scritto, poi l'ho riletto, e sembrava proprio così, che mi vantavo, e forse era anche un po' vero, che mi vantavo, anche se, effettivamente, io l'ho conosciuto e andare in giro con lui, a lui gli succede spesso di esser fermato da della gente che gli fa i complimenti, che gli chiede l'autografo, che gli chiede di fare delle fotografie, e a questa popolarità, che io trovo anche un po' eccessiva, lui risponde con una gentilezza, una tranquillità, una bonomia che per me è veramente ammirevole, si comporta proprio come una persona normale, avevo detto alla giornalista alla mattina, e oramai ero quasi arrivato a Milano finivo la frase spegnevo il computer che dovevo poi scendere.

E a tornare, il treno era uguale, solo che si chiamava AV9655 ed era più pieno, pieno come un uovo, pieno murato, come dicono a Parma e io avevo davanti un signore che aveva degli occhiali rossi da lettura comprati in edicola che avevano ancora il bollino di quanti gradi gli mancavano, uno e mezzo, e che per tutto il viaggio aveva trafficato con un computer portatile e con il cellulare nel tentativo di connettersi con il wi-fi che lui, nelle quattro telefonate che aveva fatto al servizio di Trenitalia preposto alla cosa chiamava wi-fire, ed era un bel signore, con gli occhi azzurri e un maglione a collo alto, blu, era uno che guardava il mondo con una specie di sguardo fisso, incantato, e nelle mani una specie di tremito, come se fosse una malattia, e come mi sedevo vedevo che mi guardava anche a me, negli occhi, e lo guardavo negli occhi anch'io e dopo pochi secondi Mi fissa negli occhi?, mi chiedeva, e io gli dicevo Ah, sono io?, e lui sorrideva e abbassava lo sguardo, e io abbassavo lo sguardo anch'io e dopo mi accorgevo che aveva l'etichetta negli occhiali solo che non glielo dicevo, se no lui pensava che lo guardavo negli occhi per quello, per l'etichetta, anche prima, invece io prima lo guardavo negli occhi perché lui mi guardava, l'etichetta me n'ero accorto poi dopo, mi sembra.

Quel treno eurostar ad alta velocità 9655 lì, dopo, era poi arrivato in ritardo anche quello, di 35 minuti, perché tra Fidenza e Parma qualcuno si era buttato sotto il treno e noi avevamo abbandonato la linea di alta velocità eravam passati sulla linea storica, così avevano detto negli altoparlanti, e il mio interlocutore, o, per meglio dire, dal momento che fino ad allora non avevamo quasi parlato, il mio dirimpettaio aveva detto, non a me, così, come a rispondere all'altoparlante, come rivolto all'aria, Ma ieri, aveva detto, una signora che veniva da Napoli, diceva che ad andare a Napoli, il treno aveva fatto un'ora di ritardo per via che qualcuno si era buttato sotto il treno, e che a tornare a Milano da Napoli, qualcuno si era buttato sotto il treno e il treno aveva fatto un'ora e venti di ritardo, e io avevo pensato a una volta che, su un interregionale emiliano, alla notizia di qualcuno che si era buttato sotto il treno il capotreno aveva detto, Eh, tra marzo ed aprile succede sempre così, è il cambio di stagione, ed erano i primi di marzo, e c'erano diciotto, venti gradi, e fino a pochi giorni prima c'erano stati meno otto, meno cinque, e la neve si era appena sciolta, si era appena liberato il cancello del cortiletto che circonda la mia casa, avevo appena ricominciato ad andare in giro in bicicletta, e il mondo sembrava come tornato in assetto; i rumori, eran tornati i rumori, la gente si era rimessa a parlare e i locali (si ricominciava a sedersi all'aperto) diffondevano per la strada ciascuno la propria musica, attraverso delle casse montate sopra alla porta e a me, in questa stagione dell'anno veniva in mente un mio amico che una volta mi aveva detto che avrebbe voluto fare un referendum contro la musica di sottofondo, e avevo pensato che in caso di referendum io ero d'accordo, ma che era difficile, e che si poteva più facilmente, magari, fare una campagna, e che per il convegno sul nulla, per esempio, io avevo immaginato un logo con una piccola scritta che dicesse Non guardate qui che non c'è scritto niente, e per la musica di sottofondo si sarebbero forse potuti fare degli adesivi con sopra scitto Questo locale è desottofondizzato, e a Milano c'ero andato a fare una lettura per l'uscita di un libro, con un mio amico che suonava il piano, e prima della lettura mi avevano intervistato, una radio, per telefono, e mi avevano chiesto del libro che usciva e, alla fine, a tradimento, quasi, mi avevano chiesto se volevo dire qualcosa di Lucio Dalla, perché quella mattina, in Svizzera, era morto Lucio Dalla e io, due giorni prima, avevo sentito quel mio amico che suonava il piano con me e di cui non dico il nome perché è un compositore famoso e dopo sembra che chissà chi mi credo di essere, a dire che lavoro insieme a dei compositori così famosi, e l'avevo sentito dire che i primi album di Lucio Dalla, quelli che i testi erano di Roversi, come *Automobili*, erano bellissimi, e avevo detto, per radio, Gli album degli anni Settanta, quelli con i testi scritti da Roversi, come *Automobili*, quelli son bellissimi, c'è una disperazione, dentro, che capisco, che mi tocca, che mi fa stare bene: l'austerity, il vuoto, le targhe alterne, la paura; i pezzi dopo, invece, quelli più da benestanti, come *Attenti al lupo*, mi piacciono già meno, avevo detto, e quando avevo messo giù poi ero contento che almeno metà di questo discorsino era nato lì, sul momento e intanto che ero sul treno mi dicevo che a Milano ero stato bravo, e mi godevo l'incanto della mia presunta bravura con cinque minuti di chiusura di occhi nel vagone affollato del treno eurostar ad alta velocità 9655, e quando li riaprivo, gli occhi, mi sembrava di vedere, in piedi, nel corridoio, di ritorno dal vagone ristorante, Zioboja che mi stava guardando, e appena si accorgeva che avevo gli occhi aperti mi sembrava che distogliesse lo sguardo, allungasse il passo e facesse finta di niente.

E non sono sicuro che fosse lui, ma mi ero irrigidito come se fosse sato lui, Zioboja, un signore che un po' di tempo prima faceva l'assessore in un piccolo comune del modenese, e che di cognome, se non ricordo male, si chiamava Mingori, e di nome Jacopo, e nel mio cellulare era segnato come Jacopo Zioboja, e io sono convinto che tutti lo chiamassero Zioboja, nel suo bar, anche se non lo sapevo, e io, di lui, credo di non averne mai parlato con nessuno e, di conseguenza, di non averlo mai chiamato Zioboja con nessuno, che io, le mie giornate, a parte quando andavo in giro a presentare dei libri, e a parte vedere la Battaglia e andare in giro con lei, che se hai a che fare con la Battaglia devi poi portarla anche in giro, per esempio, non so, portarla a lezione di piano, che mi aveva chiesto di prendere lezioni di piano, e le avevo trovato la maestra di piano, e aveva fatto una lezione di prova, aveva suonato il piano, la maestra le aveva insegnato i numeri delle dita, uno il pollice, due l'indice, tre il medio, quattro l'anulare, detto fannullone, cinque il mignolo, era stata brava, ogni tanto si rivolgeva al proprio anulare gli diceva Dai, fannullone, era contenta, e alla fine, davanti alla maestra di piano, io le avevo chiesto Allora, ci veniamo ancora?, e la Battaglia aveva risposto No, io farò la pittrice, che non c'entra niente, con Zioboja, ma era per dire che, con la Battaglia, non so, un'altra volta, uscendo da casa mia, la Battaglia mi aveva detto Potresti anche pulire, una volta all'anno, e il giorno dopo, quando era venuta, non avevo ancora finito, le avevo detto Devo pulire, mi aiuti? Perché devi pulire? mi aveva chiesto lei, Me l'hai detto anche te, ieri, le avevo detto io. Potresti anche pulire, mi hai detto, una volta all'anno. Ti chiedo scusa, mi aveva detto la Battaglia, ti chiedo tantissimo scusa, mi aveva detto, e anche questo non c'entra niente, ma era per dire che a parte le letture e la Battaglia e a parte la Gea, che è una ragazza che le prime volte che la vedevo pensavo Figurati se vuole parlare con me, quella lì, e poi, dopo, adesso non so, certi calcoli non li fai mica, ma forse, insieme a mia nonna, è la persona che ci ho parlato di più, nella mia vita, che io un po' ci ho pensato, e secondo me, non è che abbia risolto tanto, ma il motivo che ci sembra di capirci così bene, secondo me, è che lei è di Parma, come me, abbiamo la stessa lingua madre, che è una cosa difficile, da noi; non so, Voltaire, per esempio, a me mi piace il suo nome perché in dialetto parmigiano vuol dire voltare, e questa cosa la Gea la capisce, per esempio, invece se la dicessi in un bar, a Bologna, non la capirebbe nessuno, credo, non so, se avessi un bar, comunque di bar non ne ho, son sempre a casa, o in giro, con dei funzionari come Zioboja, anche se Zioboja non era un funzionario come Zioboja, era un'altra cosa, ma di Zioboja alla Gea non avevo mai parlato, e neanche alla Battaglia, e neanche a nessun altro, non vedevo nessun altro, non avevo neanche un bar e in casa mia non ci veniva mai nessuno solo una volta, per via del cornicione che era crollato per il gelo, erano entrati tre pompieri, e uno, appena entrato, aveva detto Ma che bella affettatrice, e un altro, prima di uscire, aveva detto Ma che bella affettatrice. Con questa, aveva detto, anche se manca la luce, uno non muore mica, di fame. Che, effettivamente, avevo pensato, a pensarci l'affettatrice sarebbe un elettrodomestico, e la mia, essendo manuale, si potrebbe, forse, considerare un domestico.

Che io mi ero sempre chiesto, anche quando leggi i russi, non so, Oblomov, mi ero sempre chiesto come sarebbe stato, avere un domestico in casa, e adesso in un certo senso ce l'avevo, il mio tesoro, passione dei pompieri, che io e mio fratello, quello giovane, l'avevamo portata due mesi prima su per le scale, due rampe, e quando ero arrivato in cima, mi ero aggrappato alla libreria con le mani ed ero rimasto lì aggrappato per qualche decina di secondi ad ansimare. Quelle moderne, mi aveva detto mia mamma che le avevano detto quelli che l'han riparata, pesano venti chili in meno.

Che secondo me, io non me ne intendevo, ma secondo me dentro c'era della ghisa, anche. Era una affettatrice rossa, di quelle a mano, che aveva comprato mio babbo e che poi voleva dar dentro, venti anni fa, quando ne ha comprato una elettrica. Gli davano 150.000 lire.

Io gli avevo detto Babbo, non darla dentro, la prendo io.

Sembra che adesso valga tra i 7 e 10.000 euro, mi aveva detto mia mamma che le avevan detto quelli che l'hanno riparata.

E io avevo pensato che era, decisamente, la cosa più preziosa che avevo in casa, e che se venivano i ladri, e se eran dei ladri che se ne intendevano, non avevano dubbi su cosa rubare. L'unica cosa, ci volevano in due, almeno. Chissà se un'affettatrice ha un numero di telaio, avevo pensato. Spetta che me lo segno, avevo pensato. Poi dovevo scappare, andavo a leggere da qualche parte, mi ero dimenticato, non me lo ero segnato, ma questo, anche questo, non c'entra niente con Zioboja, che Zioboja l'avevo sentito, la prima volta, per telefono, che mi aveva invitato a leggere nel suo comune, Anche se, zioboja, aveva detto, mi deve scusare, non abbiamo un ghello, e io gli avevo detto Non si preoccupi, che io vengo lo stesso, e non è una cosa che faccio con tutti quelli che mi chiamano, io tendo anzi, non so bene perché, ad andar dove mi pagano, ma un assessore che mi telefona e mi dice Zioboja, mi deve scusare, non abbiamo un ghello, io non potevo stare a casa, dopo una telefonata così, e dopo quella volta che c'ero andato e lui quando ero arrivato mi aveva detto Zioboja, Nori, lei ci fa un onore che, zioboja, non ce lo dimentichiamo, e poi si era messo, mica tanto, una volta al mese, a chiamarmi e a raccontarmi delle cose e, zioboja, c'era sempre qualcosa che non funzionava, fino a quando, dopo un anno circa, mi aveva detto che aveva conosciuto una ragazza, Cioè ragazza, zioboja, ci ha quarantun anni, ha anche una bambina che ce n'ha undici, si è appena trasferita qui, zioboja, Nori, faccio fatica a crederci, mi sono innamorato, ed era così bello, immaginare Zioboja innamorato, che Zioboja era strano anche com'era fatto, che era alto due metri ed era fatto un po' a pera, e gli occhi un po' cinesi, e nello sguardo una flemma, una calma, che i suoi zioboja non erano zioboja di impazienza, era come, non so, come la batteria, o il basso, che suona l'un due tre di un valzer, e i suoi discorsi erano dei valzer, era, non so perché dico una cosa del genere, era come il dopoguerra, Zioboja era un dopoguerra che io non ho mai visto ma che mi immagino, dove in giro non c'è neanche un ghello ma tutti i giorni succedon delle cose che, zioboja, chi l'avrebbe detto.

E in quei mesi lì, saran stati due o tre, mi chiamava di più, e la scusa era che mi avrebbe invitato ancora a parlare nel suo comune, ma più che altro mi sembrava che mi telefonasse per raccontarmi delle cose che gli eran successe, ma così, per esempio una volta si era accorto che dal suo ufficio, in assessorato, che non era il suo vero mestiere, l'assessore, lui di mestiere faceva dell'altro che non ho mai saputo, ma in assessorato ci passava tipo due ore al giorno, alla sera, e a un bel momento si era accorto che c'era un testo, che mandavano a quelli che andavano a parlare nel suo piccolo comune, per il rimborso spese, dove si chiedeva di firmare con la propria firma autentica, Che io, mi aveva detto al telefono, quando me ne sono accorto ho messo il funzionario in un angolo, Ascolta, gli ho detto, zio canta (che quando era arrabbiato, si vede, diceva zio canta), ascolta, zio canta, come fa uno a firmare con la sua firma falsa, cosa deve fare, la firma di un altro? Che senso ha che gli chiedete la sua firma autentica, ci facciamo ridere dietro, zio canta!

Un'altra volta, invece, mi aveva chiamato che aveva scoperto cosa voleva dire imperativo categorico, Non è come Voltaire, diceva, non è come Voltaire, che io facevo così, quando mi chiamava Zioboja, che io e Zioboja ci siamo sentiti nell'anno 2011 che io quello lì è un anno che ho perso la testa dietro a due traduzioni, che se non ero in giro a leggere e se non ero insieme alla Battaglia io ero seduto in cucina di fianco alla mia affettatrice, passione di pompieri, che allora, però, ancora non c'era, ero seduto al tavolo della cucina e quando vedevo che suonava il telefono e lampeggiava il nome Jacopo Zioboja io salvavo il mio file e mi alzavo, prendevo il telefono e dicevo Sì?, e Zioboja cominciava a parlare, e a raccontare, e io andavo avanti a sentire e a raccontare e intanto camminavo, per il mio appartamento, e durava, tutte le volte delle mezz'ore, e una volta gli avevo raccontato una cosa che mi tornava in mente spesso che da qualche parte, in Voltaire, doveva esserci scritto che se un mascalzone sapesse come ci si sente bene a comportarsi bene, si comporterebbe bene per mascalzonaggine, e lui una volta mi aveva telefonato per dirmi che leggendo un libro di Gombrowicz, il Corso di filosofia in sei ore e un quarto, aveva scoperto che l'imperativo categorico era una cosa che andava fatta, non so, comportarsi bene, comportarsi bene diceva Kant che bisogna non per un secondo fine, come diceva Voltaire, perché così stai bene, ma perché bisogna e basta, imperativo categorico, invece quello lì, quel mascalzone che viene a sapere che se ci si comporta bene si sta bene, quello lì è l'imperativo ipotetico, che è un'altra cosa, zioboja, mi aveva detto quella volta al telefono Zioboja e poi basta, non mi aveva detto altro che doveva poi andare, quella volta lì, insomma faceva così, c'era stato un periodo che ci sentivamo anche spesso, e poi, una volta, in dicembre, mi aveva chiamato a un'ora strana, per lui, alle dieci di sera, e aveva un tono, io ero contento di sentirlo, e gli avevo letto il biglietto che quel giorno la Battaglia aveva scritto a Babbo Natale che diceva Babbo natale, ti voglio bene perché mi dai tantissimi regali grazie tante sei un bravo babbo natale P.S. ciao, e io ero contento della Battaglia che non chiedeva niente a Babbo Natale lo ringraziava soltanto, e a Zioboja di solito piacevano molto, le storie della Battaglia, ma quella lì no, mi sembrava che non gli era piaciuta, e non mi aveva detto niente, e aveva messo giù, e il giorno dopo mi aveva chiamato al mattino e mi aveva detto di scusarlo per il giorno prima che lui non stava molto bene e gli sarebbe piaciuto moltissimo invitarmi ancora nel suo comune ma purtroppo doveva dare le dimissioni da assessore che lui non reggeva la tensione, Non reggo la tensione, mi aveva detto, e non si capiva quale tensione, e poi mi aveva chiamato ancora il giorno dopo e mi aveva detto Io mi sveglio al mattino che piango e ho l'impressione che non smetterò più di piangere per tutta la vita, e io non sapevo cosa dirgli, e non sapevo se chiedere, cosa chiedere, da che parte voltare la testa, e mi chiamava tutti i giorni, e non sapeva cosa dirmi neanche lui, e non sapeva cosa chiedermi, e io non sapevo cosa chiedergli, e dopo qualche giorno eran finite le telefonate e Zioboja, in quei giorni lì, secondo me, io non lo so, lo sentivo solo al telefono, e non mi diceva niente, ma c'era, nel suo non dir niente, una disperazione che era, per me, ancora più bella dei valzer che diceva di solito, era, non so come dire, una cosa preziosa, compressa, pesante, che saltava fuori dal niene, dalla mancanza di imprecazioni, di storie, di dettagli, di personaggi, c'eran solo urgenza, mancanza e disperanza, c'era un carico di malattia, di male, di male che senti, dentro le vene, nei polsi, dal mattino quando ti alzi dal letto alla notte quando ti addormenti, se ti addormenti, e a me sembrava che Zioboja andasse incontro a tutte queste cose dicendo loro Prendetemi contro, mi faccio lenzuolo, senza riparo, come un bambino, era un pillolone di quarantacinque anni, alto due metri, e si comportava come un bambino, aveva dei segni che gli si vedevano sopra la faccia, anche se non lo vedevo, e non diceva niente, non sapeva più dire niente, e con quelle telefonate diceva più cose, era più forte, per me, la sua presenza, di quella volta che mi aveva spiegato l'imperativo categorico, e poi dopo basta, non c'era stato più niente, più niente, e poi una volta, ero al Fuori Orario, un circolo Arci che c'è tra Parma e Reggio, il circolo Arci più grande d'Italia, dico sempre un po' per vantarmi quando vado a fare le cose al Fuori Orario, e mi vanto anche del fatto che sono amico di uno dei fondatori, che è il mio amico Franco, che è quello che mi chiama nullologo, e c'era una cena, e poi una lettura, e alla fine della lettura mi si era presentato davanti Ziboja, che era, non so, la prima cosa che mi aveva chiesto era Come va? che era una domanda anche normale, ma non era una domanda da Ziboja, perché Ziboja non era normale, anche prima, quando stava bene, non so come dire, non so come spiegare, era uno che non mi avrebbe mai chiesto Come va?, poi io lo conoscevo poco, magari mi sbaglio, ma secondo me son sicuro, cioè a lui non interessava Come va, lui non aveva tempo di chiedersi Come va, lui aveva troppe cose da fare, lui era continuamente stupito dal mondo, che cambiava continuamente sotto i suoi occhi, e pensava che gli altri fossero così come lui, e invece, in quel periodo era lui, che era diventato più simile agli altri, era dimagrito, leccato, pettinato, ben vestito, stava bene, gliel'avevo detto, Stai bene, e lui si era fatto da parte e dietro di lui c'era una signora che lui mi aveva presentato come La mia fidanzata, Ornella, e andava benissimo, cioè, andava benissimo, cosa c'entravo io, andava benissimo, era una bella signora, andava benissimo, ma era d'un triste, quella cosa lì, era come se fosse tutto premeditato, una foto ricordo, per dire Mi son messo a posto, sono in regola, ho la mia firma autentica, ho tutti i bollini, sì, c'è stato un momento che stavo male ma adesso sto bene, guarda anche tu, sono normale, e io non so, forse sono io che mi immagino, e poi, io, comunque, lì al Fuori orario, con lui e con Ornella, la sua fidanzata, avevo tirato fuori tanti di quei sorrisi falsi come l'ottone, falsi come una lapide, tanti di quei movimenti, con la mia testa, che si vedeva, che non pensavo a quel che dicevo e che pensavo, invece, che era molto più bello prima, Zioboja, che non c'era paragone, che questo a me mi dava fastidio, che c'era un po' anche da avere vergogna, io guardavo Zioboja e pensavo: Zioboja, dobbiam avere vergogna l'uno dell'altro, a esser ridotti così, perché non abbiamo vergogna, Zioboja? Perché siamo così educati, Zioboja? Perché non piangi più, Zioboja? Non ti ricordi, Zioboja, che avevi detto che avresti pianto ogni giorno della tua vita, non era meglio, Zioboja? Non ti sembra che era meglio, se tu avessi pianto? Lo sai, Zioboja, che abbiamo diritto, di piangere? Che non è obbligatorio essere benestanti? Che possiamo star male, lo sai, che possiamo? Lo sai?

MARCO VICHI

## *Il macellaio*

C'era una volta un bambino, era nato in un bidone della spazzatura di un piccolo paese sulle colline. Un macellaio aprì il bidone per buttare ossa di maiale e teste di pollo, vide un coso grinzoso che si muoveva e piangeva, stette un attimo a pensare, poi lo agguantò per un braccio e se lo portò a casa. Le teste di pollo non le aveva buttate, e ci fece un bel brodo per il piccolo. Dopo una settimana si affezionò al bambino e cominciò a dargli da mangiare carne cruda, lo voleva forte e sano, lo chiamò Attila.

Il bambino cresceva robusto. A un anno camminava bene, a tre parlava che era una meraviglia, a quattro anni scorrazzava tra le mannaie e i coltelli, cominciava già a imparare il mestiere. Ma il macellaio non aveva ancora deciso se suo figlio avrebbe fatto il macellaio o l'avvocato, o magari tutte e due le cose. La vita era bella per quello, non si sapeva mai che piega poteva prendere.

Il macellaio aveva tre nei pelosi sul collo, o meglio su quello che gli rimaneva del collo. La gente del paese diceva che quei nei erano un *segno*, la prova che quell'uomo era maledetto da Dio. Le vecchie passavano davanti alla macelleria con il rosario in mano. Ma era l'unico macellaio nel raggio di trenta chilometri, e le donne più giovani entravano là dentro facendosi il segno della croce. Appeso a dei grossi ganci c'era sempre un bue intero aperto in due. Chi entrava doveva stare attento a non sbatterci contro. Sotto al bue c'era sempre della segatura per il sangue.

Il macellaio faceva a pezzi i blocchi di carne e le ossa con colpi precisi, senza mai dire parole superflue. La carne che vendeva era buonissima, aveva un suo modo speciale e segreto di tagliarla e di prepararla. Le donne sbirciavano nel retrobottega. Avevano compassione di quel bambino che giocava con i teschi di bue.

« Visto come cresce bene mio figlio? » faceva il macellaio. Solo quando si trattava del suo bambino diceva volentieri due parole. Le donne sorridevano, senza rispondere. Il macellaio non aveva una moglie, era un uomo mostruoso, nessuna donna aveva il coraggio di avvicinarsi a lui, anche le puttane lo evitavano. Dove avesse preso quel figlio nessuno lo sapeva. In paese circolavano le storie più assurde, « Lo ha fatto con sua madre », « Ha rapito una donna, l'ha violentata, l'ha fatta sgravare e poi l'ha uccisa », « Non è un bambino, è il risultato di un esperimento immondo ». C'era chi diceva che di notte dall'enorme frigo del retrobottega venissero urla bestiali.

Da quando era apparso quel bambino le donne non si sentivano tranquille. La sera arrostivano e friggevano la carne con aria pensierosa. Poi si addormentavano davanti al televisore, sognavano cose brutte e si svegliavano di colpo pensando a quel povero bambino che viveva in mezzo al sangue.

Il macellaio aveva grandi idee per suo figlio, lo voleva

bello, alto, un bel bestione, soprattutto doveva avere un sacco di donne, niente amore o stronzate simili, doveva inchiodarle al letto e via.

Durante la pausa del pranzo il macellaio chiudeva la porta della bottega e andava nel retro. Apparecchiava un tavolino di marmo per sé e per Attila e cuoceva una bistecca. Anche se suo figlio ancora non poteva capire del tutto, lui gli parlava delle cose importanti della vita, i soldi e la topa. Prima i soldi e poi la topa, però. Se inverti l'ordine ti puoi ritrovare con un cazzo ben avvitato nel culo. Quando sentiva la parola *culo* Attila rideva di gusto, così come quando sentiva dire *cacca* e *zozzo*. Era molto sveglio. Il macellaio continuava le sue lezioni. Gli insegnava la giusta diffidenza, lo metteva in guardia.

« Solo del babbo ti devi fidare, solo del babbo. » Era bello avere un figlio da crescere. Si potevano tramandare tante cose, e poi gli avrebbe lasciato il negozio che aveva avuto da suo padre, il quale lo aveva avuto da suo padre e così via. Erano macellai dall'inizio dei tempi.

Attila mangiava la carne con le mani e si sporcava sempre i vestiti. Il macellaio non si arrabbiava, anzi rideva. Guardava suo figlio e si sentiva soddisfatto. Un bambino tutto suo non lo aveva mai avuto, e non sperava certo di trovarne uno. Prima di riaprire il negozio appoggiava Attila al muro e con un coltello incideva sull'intonaco la sua altezza. Attila era piccolino e cresceva lentamente, ma il macellaio era un uomo paziente.

Una volta Attila sentì suo padre che gridava, si affacciò nella bottega e vide che il babbo ce l'aveva con un signore vestito in modo strano.

«Non voglio froci qui dentro» diceva, e cacciò via il signore. Attila guardò il babbo con molta curiosità, e il macellaio ebbe l'occasione di dire a suo figlio un'altra cosa importante. Piantò con forza il coltello nel grande tagliere di legno, si pulì le mani sul grembiule, si chinò sulle ginocchia e prese le manine di Attila nelle sue mani callose. Nei suoi occhi c'era molta tenerezza.

«Attila, figlio mio... È bene che tutto sia come dev'essere» disse. Il bambino rimase molto impressionato da quella frase. Tornò nel retrobottega e si mise a giocare con un testicolo di bue. Il macellaio si dette una bella manata sulla pancia. Sarebbe diventato un metro e novanta, suo figlio. Due braccia poderose e le mani grandi almeno quanto le sue. Avrebbe potuto stritolare un osso con le mani, il suo erede al trono della macelleria. D'altra parte era o non era suo figlio? Se non discendeva dal suo stesso sangue non c'entrava nulla, si diceva, con i figli è tutta questione di come vengono allevati.

Il macellaio arrotava spesso i suoi coltelli. Il rumore delle lame che sfregavano tra loro gli piaceva, significava che tagliava molta carne e che la vendeva. E il suo capitale aumentava. Ogni mese riusciva a mettere da parte parecchi soldi per l'educazione di suo figlio. Aveva deciso che suo figlio doveva studiare sodo, doveva andare all'università e diventare dottore. Così la gente avrebbe detto che nella famiglia del macellaio c'era uno che era diventato dottore, e questo avrebbe fatto diventare un po' dottore anche lui, e la gente lo avrebbe rispettato ancora di più, e avrebbe comprato sempre più carne. Ma per continuare la tradizione, suo figlio avrebbe fatto il macellaio, il primo dottore macellaio della storia.

Attila mangiava carne e cresceva. Ma dopo qualche anno il suo corpo cominciò a rivelare curiose tendenze, e la sua voce non voleva saperne di diventare più grave, anzi era rimasta fine e squillante. Faceva anche delle strane moine che un po' preoccupavano il macellaio.

Passò ancora qualche anno. Sul petto di Attila apparvero due rigonfiamenti, del tutto simili a un seno da femmina. Le vecchie del paese se ne accorsero e tremarono di paura.

«Il demonio!» dicevano con gli occhi tondi. Andavano a messa tre volte al giorno e camminavano sulle ginocchia per allontanare il male. Le donne che avevano il coraggio di entrare nella macelleria fingevano di non accorgersi di nulla. Pagavano e scappavano via.

Attila crebbe ancora, e il seno crebbe con lui. Il macellaio era sempre più triste, rapava il bambino a zero e lo vestiva da militare. A volte gli disegnava dei baffi finti sotto il piccolo naso da femmina. Ma non serviva a nulla.

«Babbo che c'è? Che c'è?»

«Non so...» diceva il macellaio, sempre più avvilito. Tagliando la carne cominciò a sbagliare mira e a tagliarsi le dita, mescolando il suo sangue con quello delle sue vittime. A volte frugava tra le gambine di suo figlio, ma non ci capiva nulla e si arrabbiava. Cosa cazzo era quel fagottino di ciccia? Non sembrava un uccellino, ma non sembrava nemmeno una passerotta. Allora prendeva suo figlio per le spalle e lo scuoteva con amore.

«Che scherzi sono questi... Eh? Me lo vuoi dire?»

«Babbo... Babbo...» Attila si metteva a frignare come una donnicciola, allora il macellaio diventava rosso di disperazione, entrava nella cella frigorifera e per sfogarsi prendeva a pugni le carcasse dei vitelli. Attila lo vedeva così pazzo e andava a nascondersi dietro l'armadio dei coltelli, continuando a piagnucolare.

Alla fine il macellaio si decise a fare un passo importante. Mise le mani sulle spalle minuscole di suo figlio e lo guardò con affetto.

«Attila, figlio mio, domani ti porto da un dottore.»

«Perché?»

«Lo capirai da grande» disse il macellaio un po' smarrito.

La promessa fu mantenuta. Un rotolo di soldi in tasca, la saracinesca abbassata e un cartello:

CHIUSO PER FACCENDE DI FAMIGLIA
SI RIAPRE ALLE UNDICI

Padre e figlio salirono in macchina e partirono per la città. Vedendoli passare le vecchie voltavano il viso e borbottavano scongiuri. Il figlio del mostro aveva le sembianze di una femmina... Era due cose in una, era l'ambiguità, la perversione, il diavolo in persona. Non poteva essere altrimenti. Il macellaio ha tre nei sul collo, è segnato da Satana... Il macellaio beve il sangue delle mucche e dei maiali, accende candele nere nelle notti di luna piena... Benedetto sia Gesù, l'ho visto con i miei occhi...

Il macellaio suonò il campanello. Una signorina con il

viso da micio e la minigonna più corta che avesse mai visto li accompagnò in una stanza dove c'era un divano.

«Prego accomodatevi, avverto il dottore» disse con un sorriso, e se ne andò muovendo il culo in modo meraviglioso ma anche pericoloso. Di fronte a quelle gambe nude e a quella camminata il macellaio ebbe reazioni inguinali. Dette una gomitata d'intesa al figlio e gli strizzò l'occhio.

«Hai visto che culo? Eh?» bisbigliò. Attila non disse nulla, rimase serio a fissare il pavimento. La signorina mezza nuda non gli aveva fatto alcun effetto. Il macellaio sospirò, ma in fondo non c'era da preoccuparsi troppo. Attila era ancora piccolo per certe cose. Aveva tutto il tempo per imparare ad apprezzare un culo come quello.

La signorina apparve sulla soglia e li invitò a seguirla. Li accompagnò lungo un corridoio sbattendo i tacchi sul pavimento. Le gambe nude, il culo e la scia profumata che lasciava dietro di sé stordivano il macellaio. Si fermò davanti a una porta, bussò leggermente, girò la maniglia e spinse.

«Prego, accomodatevi.»

Padre e figlio entrarono nella stanza. Il dottore era seduto dietro la scrivania a leggere qualcosa, e alzò la testa per guardarli. Era un uomo bello e giovane. Lasciò perdere i suoi fogli e andò incontro al macellaio. Non gli strinse la mano, e si voltò verso il piccolo paziente.

«Ma che bella bambina... Come ti chiami?» disse, dando uno schiaffetto amoroso a Attila. Il bimbo non rispose e guardò suo padre con paura. Il macellaio fece finta di non aver sentito. Cercò di spiegare al dottore di cosa si trattasse, ma era abituato a parlare solo di bistecche e salsicce e si confondeva, ripeteva sempre le stesse cose. Alla fine il dottore alzò una mano per dire che aveva capito perfettamente il problema.

«Mi lasci guardare la bambina.»

«Sì, ma...»

«Ho capito cosa vuole dirmi. Mi lasci prima vedere la bambina.» Il dottore prese Attila per mano e sparirono dietro una porta. Il macellaio rimase in piedi in mezzo alla stanza. Tendeva l'orecchio, ma non sentiva niente. Quel silenzio lo metteva in agitazione. Bambina? Quale bambina? Suo figlio era uno squarciatope, altro che bambina!

Attila tornò dopo una decina di minuti, seguito dal dottore che sorrideva.

«Niente di grave, a volte il seno può spuntare molto presto...»

«Sì, ma... Quella cosa che ha tra le gambe...»

«Oh, non si preoccupi, non si preoccupi... A volte succede... Non è nulla... Sono già comparse le mestruazioni?»

Il macellaio sentì un tremito alle ginocchia. Pagò quello che c'era da pagare e portò via suo figlio. Montarono in macchina, e fino alla bottega nessuno dei due parlò. La saracinesca fu alzata. Attila andò a giocare nel retro e il macellaio si mise il camice bianco.

Le donne cominciarono ad arrivare. Compravano di tutto, e come ogni giorno se ne andò un quarto di bue. La cassa si riempì in fretta di soldi. Tutto andava a gonfie vele... Tutto, tranne suo figlio. Si mozzò un dito e non se ne accorse nemmeno.

Dopo un paio di settimane pensò che doveva abituarsi all'idea di avere per figlio una femmina. In effetti quando aveva raccolto il bambino nel bidone dell'immondizia non aveva controllato di che razza fosse. Aveva dato per scontato che suo figlio fosse un maschio. Lo aveva preso senza nemmeno pensarci. Era stato un errore, tutto qui. Se lo avesse scoperto subito, forse non lo avrebbe portato a casa. Ma ormai si era affezionato a quel bambino... E in fondo avere per figlio una femmina non era poi così brutto. Però con una femmina bisognava essere più delicati, ad esempio non doveva più pisciare con la porta aperta.

E il nome? Be', Attila andava benissimo, finiva per *a* come Anna, come Carmela, Barbara, Maria, Fabiola... Magari veniva fuori una bella cavalla con tutte le cose al posto giusto, e avrebbe lavorato nel cinema. Così tutti avrebbero detto che il macellaio era il babbo di quell'attrice famosa e lo avrebbero guardato con altri occhi. Anzi sarebbe andata proprio così, ne era più che sicuro.

Gli anni passavano. Con il permesso del babbo i capelli di Attila diventarono lunghi e belli. I vestiti da femmina le stavano benissimo. Le venne proibito di giocare con i teschi di bue e le fu insegnato a spiumare i polli. Con pazienza e affetto il macellaio le insegnava le cose importanti della vita... Cioè che non si doveva mai fare qualcosa per nulla, che tutto ha un prezzo, che non bisogna mai immischiarsi nei cazzi degli altri se non quando può tornare utile, che si deve stare alla larga dalle persone infelici perché prima o poi va a finire che ti chiedono qualcosa, che è bene diffidare di tutto e di tutti...

«Solo il babbo... Solo il babbo ti vuole bene...»

Il macellaio continuava ad avere grandi progetti per sua figlia. Sarebbe diventata una sventola con il culo tondo e duro, una che faceva sbavare gli uomini, una che poteva prendersi chi voleva a suo piacere. Avrebbe scelto solo quelli che potevano permettersi il lusso di farla vivere da signora, ma non si sarebbe mai sposata. Nessuno avrebbe mai avuto la soddisfazione di portarla via al suo babbo. Attila non se ne sarebbe mai andata, sarebbe rimasta per sempre a casa e avrebbe fatto la macellaia.

La bimba mangiava carne e cresceva. Diventava sempre più bella. Il seno diventò un bel seno, e il modo che aveva di ridere metteva in imbarazzo i ragazzi. Cominciò a uscire la sera e a fare tardi. Diventò scontrosa e svogliata. Parlava poco. A scuola andava male e malvolentieri. Il macellaio era preoccupato. Attila si vestiva in modo provocante e passava le serate in discoteca. Tornava alle tre di notte affamata e nervosa, s'ingozzava di carne e si buttava sul letto vestita.

Il macellaio una sera vide alla televisione delle persone che discutevano sul problema dei giovani, soprattutto delle femmine che a dodici anni si vestivano già da puttane. Un dottore in qualcosa, uno grasso che di certo mangiava buona carne, diceva che la colpa era dei padri, perché non parlavano mai con le figlie e non le capivano. Invece i padri dovevano parlare con le figlie, fare delle cose insieme a loro, e tutto sarebbe andato meglio.

E così il giorno dopo, appena finita la cena, il macellaio bloccò sulla porta sua figlia vestita da puttana e le chiese se c'era qualcosa che non andava... Con lui poteva parlare liberamente, era il suo babbo, doveva fidarsi.

«Attila, figlia mia, fermati un attimo... Di' al tuo babbino che cazzo ti succede...» disse, tenendola dolcemente con le sue zampone.

«Che mi succede? Ma nulla...»

«Dai, facciamo qualcosa insieme... Parliamo... Raccontami qualcosa...»

«E che ti racconto?»

«Non so... Prova... Dimmi qualcosa...» disse il macellaio, smarrito. Lei sbuffò. Tirò fuori una boccetta, levò il tappo e fece cadere sul palmo una pasticchina bianca.

«Allora prova questa» disse.

«Che roba è?»

«Mangia, poi te lo dico» fece lei, fissandolo. Il macellaio vide in questa occasione la possibilità di avvicinarsi a sua figlia, come avevano detto alla televisione. Prese la pasticca con due dita, se la mise sulla lingua e la fece sciogliere. Era amara e dolce insieme, gli faceva un po' schifo, ma non voleva mortificare la sua bambina.

«Buona... Che roba è? Una caramellina?» Non fece in tempo a dire altro, un'onda calda gli partì dai piedi e gli corse su per le vene fino alla nuca passando per i testicoli. Si ritrovò fra le gambe un coso duro impossibile da nascondere... Poi all'improvviso il gelo, soprattutto dentro il sedere, sempre più in profondità... Il gelo si trasformò in fuoco, il fuoco di nuovo in gelo, finché si confusero insieme e una specie di palla infuocata e gelida gli salì su per l'intestino seguendo ogni spira, gli attraversò lo stomaco e gli arrivò dritta in gola... Il petto gli si allargò, sentì un'esaltazione fanatica e un piacevole pizzicore dentro il naso... Si sentiva potentissimo, avrebbe potuto ammazzare dieci tori a mani nude... Un vortice nel cervello, ronzii dentro le orecchie, muscoli tesi e una voglia incontenibile di scopare e di cantare... Tutto il suo corpo era una molla pronta a scattare... Tra le gambe aveva un affare così duro che ci si potevano spaccare le noci di cocco... e poi... e poi... e poi basta... un secondo dopo tutto era finito...

Il macellaio si afflosciò sulla sedia come una camera d'aria bucata. Sua figlia era al settimo cielo.

«Babbo, t'è piaciuto?»

«Che... Che cazzo mi è successo?»

«Ne vuoi un'altra? Ne ho un barattolo pieno...»

«Droga... Questa è droga! Brutta puttana che non sei altro!» Le strappò la boccetta dalle mani, le stampò un ceffone sulla bocca e la spedì a letto con le labbra sanguinanti. La chiuse in camera a chiave e si mise a camminare su e giù nel corridoio e a gridare.

«Da oggi si cambia musica! Ora si fa come dico io! Deficiente di una drogata! Da ora in poi ti vesti come si deve e a scuola diventi la prima della classe, hai capito? Sennò ti ammazzo, troia che non sei altro!» Si fermò ad ascoltare, con l'orecchio appoggiato alla porta della sua disgraziata bambina. Nella camera di Attila regnava il più assoluto e cupo silenzio.

Quella notte il macellaio non riusciva a prendere sonno. Ne approfittò per andare in bottega, che era proprio sotto casa, e si mise a tagliare a pezzi un bue. Sferrava colpi con la mannaia e borbottava tra i denti.

L'odore del sangue piano piano lo tranquillizzò. Si mise a riflettere, anche se non era il suo forte. La sua bambina doveva avere una punizione come si deve. Era per il suo bene. Fino a nuovo ordine niente più discoteca. A letto alle dieci e sveglia alle sei. Punto e basta.

Attila non era d'accordo con il nuovo regolamento, e prese provvedimenti. Ogni sera metteva un sonnifero nel Chianti di suo padre e usciva di nascosto. Frequentava ragazzacci di periferia, passava il tempo a fumare droga, andava ai concerti rock e faceva altre cose da non potersi raccontare. Tornava a notte fonda. Dormiva tre ore al massimo, aveva profonde borse sotto gli occhi. Il macellaio pensava che fosse perché studiava troppo. Si sentiva quasi in colpa per averle imposto un regime così duro, convinto che la sua bambina andasse a letto alle dieci e si svegliasse alle sei. Ma era stato costretto a essere così rigido. Per raddrizzare i ferri storti ci voleva il martello, non le carezze. Un giorno sua figlia lo avrebbe ringraziato, si diceva. Non poteva immaginare come stessero le cose. La notte dormiva come un sasso, convinto che la sua volontà venisse rispettata. Da un po' di tempo si svegliava con un leggero mal di testa, ma era convinto che fosse perché ultimamente mangiava poche salsicce.

Una mattina entrò in camera di Attila e vide appesa sopra il letto la foto gigantesca di un tipo mezzo nudo e peloso con l'orecchino e i basettoni, probabilmente un bandito sardo. Per scopi educativi cercò di strappare dal muro quello schifo, ma la bambina reagì con urla disumane e un roteare di unghie, e quella foto disgustosa rimase attaccata al muro.

«Ma ti lavi ogni tanto?» le chiese una mattina, annusandola. Lei alzò le spalle e uscì per andare a scuola, vestita da puttana come al solito. Tanto le ragazzine di oggi erano tutte così, pensava il macellaio, non ci si poteva fare nulla. Ma un po' di sapone non le avrebbe fatto male. In effetti non aveva mai visto Attila farsi una doccia o lavarsi i capelli. Eppure lui l'esempio glielo dava. Non lasciava mai passare più di tre giorni senza lavarsi i piedi o le ascelle, al massimo quattro, ma non di più. Ma in fondo non era poi così grave. Si sa che i ragazzi, a volte...

Il problema più grande arrivò qualche mese dopo. Un brutto giorno Attila cominciò a parlare di comunismo, di uguaglianza, insomma di roba del genere. Ma non erano cose morte e sepolte, porcaccia puttana? Il macellaio non ne sapeva molto di quelle faccende, al bar non ci andava mai, ma qua e là aveva colto qualche frase su questo terribile morbo che a volte fa ammalare le persone, soprattutto in tenera età, anche se a dire il vero non mancavano malati gravi anche tra le persone vecchie e rincoglionite. Insomma lui non se ne intendeva, ma quel poco che aveva capito di questo *comunismo* non gli piaceva per nulla.

«Perché io dovrei lavorare per tutti?» diceva, sbalordito. Sua figlia si era ammalata presto di quella malattia, era appena una bambina. Era penoso vederla, alzava il pugno sinistro e diceva cose senza senso. Nessuna persona normale poteva credere a quelle cose. In certi momenti pensò anche di portarla di forza da un dottore. Attila divorava a morsi bistecche da un chilo e a pancia piena ricominciava a parlare di sfruttati e di sfruttatori, di padroni e di rivoluzione, di ingiustizia e di uguaglianza.

Il macellaio cercava di riportarla sulla retta via della disuguaglianza e della vita onesta, ma lei non ci sentiva. Una domenica pomeriggio, dopo un bel pranzo a base di carne di ogni tipo, la prese per un braccio e la scrollò con forza, pronto a prenderla a schiaffi, se fosse stato necessario.

«Bambina mia, il mondo è sempre stato così... L'uomo è sempre stato così... Cosa puttanaccia troia pensi di cambiare con le tue parole?» Sapeva anche lui che il mondo faceva schifo, ma che ci si poteva fare? L'unica cosa era difendersi il meglio possibile, stare in guardia e all'occorrenza picchiare forte.

«Dammi retta, falla finita con questa cazzata del comunismo. Vuoi che mettano tre cinesi a dormire in camera tua? Eh? Vuoi dividere la tua bistecca con un cubano, magari anche negro?»

«Sei solo uno sporco capitalista piccolo borghese, ecco cosa sei! Uno schifoso e sudicio vigliacco capitalista piccolo borghese!» urlò Attila, e andò a chiudersi in camera sbattendo la porta. Il macellaio s'impressionò, non l'aveva mai sentita dire quelle cose. Rimase a pensare, grattandosi la testa.

Dopo un po' si avvicinò alla porta di sua figlia e ci picchiettò sopra con le dita. Silenzio. Ma lui sapeva che lei era là dietro ad ascoltare. Le disse che nonostante tutto aveva il permesso di uscire con le sue amichette, anche se doveva tornare alle otto, non un minuto più tardi. Pochi istanti dopo la porta si aprì e Attila corse via come il vento, già truccata e vestita come una piccola zoccola.

Il macellaio la spiò dalla finestra per essere sicuro che si allontanasse, poi andò in soffitta a cercare un grosso e vecchio vocabolario che aveva ereditato da una prozia. Lo trovò in una cassapanca insieme ad altri libroni senza figure. Lo prese e se lo portò giù in cucina. Lo aprì sul tavolo. Chissà dov'erano le parole che voleva trovare. Ci si mise con pazienza, cominciando dall'inizio. Leggeva tutte le parole a voce alta, sfiorandole con un dito per aiutarsi. Prima o poi quelle che cercava sarebbero saltate fuori. Strada facendo fece conoscenza con parole mostruose, sicuramente straniere o antiche... apocatastasi, apotropaico, assoluto, asterisco, atarassia...

Ci mise un bel po' a trovare una delle parole che cercava, *borghese*. Passò un'altra mezz'ora e trovò anche *capitalista*. Andò avanti per un sacco di tempo finché riuscì a trovare *piccolo*... Voleva vedere se quella parola avesse anche un senso strano che lui non conosceva. Cercò di mettere insieme i tre significati, ma non riusciva a capirci nulla. Che cazzo significava *capitalista piccolo borghese*? Era già ora di cena. Andò a rimettere il librone al suo posto in soffitta e si mise a cucinare qualche salsiccia. Attila non si fece vedere, e gli toccò mangiare da solo. Doveva darle di nuovo una strigliata come si deve, a quella ragazzina. Stappò la seconda bottiglia di vino e se la portò davanti al televisore. Davano i goal della giornata. Lui guardava la palla e rimuginava. Finì anche quella bottiglia e si dedicò alla grappa. Verso mezzanotte si addormentò sul divano.

Quando la mattina dopo riuscì a incrociare sua figlia la prese per le orecchie e la costrinse a sedersi di fronte a lui. Era arrivata l'ora di parlare chiaro.

«Senti figlia mia, io ho lavorato tutta la vita come una bestia, ho cominciato a macellare i maiali da bambino. Se gli altri vogliono stare a grattarsi i coglioni va bene, la cosa non mi riguarda, ma se vengono a chiedermi qualcosa io prendo la doppietta e sparo. Capisci cosa dico? Te sei fortunata, puoi studiare, ti puoi vestire, e quando non sei in punizione puoi andare a ballare, a divertirti... Perché ti vai a rompere la testa con cose che non ti riguardano? Chi te lo fa fare? Non è mica colpa tua o di tuo babbo se ci sono i poveri, non l'ho mica creato io il mondo. I poveri ci sono sempre stati, come le puttane. Io faccio il mio lavoro e non rompo le palle a nessuno. Non vado mica a rubare, io i soldi me li guadagno. Non vado a casa degli altri e non voglio che gli altri vengano a casa mia. Non me ne importa niente se è giusto o no, la mia roba non si tocca. Capisci cosa dico? Dammi retta, perché non lasci perdere quelle stronzate? Hai tredici anni! Chi te lo fa fare? Molla tutto e pensa ai fatti tuoi... Mi stai ascoltando?»

«Non me ne frega un cazzo dei poveri» disse Attila. Il macellaio si sentì riavere, e le fece una carezza sulla testa. Solo in quel momento si accorse che la sua bambina aveva un occhio viola e un labbro spaccato.

«Che ti è successo? Ti hanno picchiato?» le chiese preoccupato. Attila scoppiò a piangere e lasciò andare la testa sul poderoso petto del babbo. Continuò a singhiozzare per almeno cinque minuti, poi si tirò su e si asciugò la faccia con le mani. Il trucco sciolto le era arrivato fino al mento.

«Che ti è successo, figlia mia? Sono tuo padre, sono qui per ascoltarti... Non avere paura, dimmi tutto sinceramente» disse il macellaio, con una tenerezza di cui quasi si vergognava. Attila rimase qualche secondo a pensare, poi si decise a vuotare il sacco. Con la voce tremante disse che un ragazzo bellissimo l'aveva portata a casa sua, aveva spento la luce e l'aveva sdraiata sopra un divano.

«Che? Io l'ammazzo!» disse il macellaio.

«Lasciami parlare...»

«Dimmi, dimmi» la incoraggiò lui. Attila tirò su con il naso e disse che all'inizio era contenta, perché quel ragazzo era proprio bello. Aveva più di vent'anni, con i capelli lunghi fino a mezza schiena. Lo aveva conosciuto in un bar qualche ora prima, ma per lui sentiva già una specie di amore. A quella parola il macellaio sentì una fitta ai palmi delle mani, ma non voleva interrompere il racconto di sua figlia e non disse nulla. Lei continuò a parlare del ragazzo. Era moro con gli occhi verdi, spiccicato a quello che faceva la pubblicità della birra. L'aveva spogliata tutta e le era salito addosso.

«Mi leccava tutta e sentivo il solletico... E mi diceva cose sporche...» Il macellaio sudava e stringeva i pugni fino a farli scricchiolare.

«E poi?»

«Poi mi ha messo una mano in mezzo alle gambe... Lì dove si fa la pipì...»

«Vai avanti.»

«Sentivo dei brividi strani e ho chiuso gli occhi. E poi...»

«E poi?»

«Poi lui ha cominciato a prendermi a cazzotti...» disse lei, piagnucolando. Il macellaio fumava dal naso.

«Continua...»

«Mi dava cazzotti dappertutto, anche sulla faccia. Poi è andato ad accendere la luce e mi ha detto di togliermi dalle palle...» Il ragazzo aveva anche aggiunto la seguente frase: «Se lo racconti a qualcuno ti ammazzo, invertito di merda!» Per questo era così triste, disse Attila con il moccio al naso. Il macellaio corrugò la fronte. Apriva e chiudeva le mani, con la faccia rossa di rabbia.

«Invertito?» disse tra i denti. Attila scoppiò di nuovo a singhiozzare, scappò via e si chiuse in bagno. Per consolarsi ingoiò due o tre pasticchine bianche, e cominciò a cantare e a ballare.

«*Ai chen ghet nou... Satisfascion... End ai trai, end ai trai, end ai trai... Ai chen ghet nou... Satisfascion...*» Il peggio sembrava passato.

Il macellaio si era seduto in cucina a riflettere, e dopo aver bevuto mezzo fiasco di rosso andò a bussare alla porta del bagno.

«Figlia mia, devo visitarti... Fidati del tuo babbo.» La bambina non voleva aprire. Ma il macellaio non poteva aspettare. Buttò giù la porta con una spallata, prese la figlia per un braccio e la trascinò nel retrobottega del negozio. La distese sopra il tavolo della macellazione, le alzò la minuscola gonna e le tirò giù le mutande. Palpò qua e là, poi le disse di rivestirsi e si appoggiò al muro con una ruga verticale sulla fronte. Attila rimase seduta sul tavolo. Passarono alcuni lunghi minuti. A un certo punto il macellaio fece un sospiro e andò a piazzarsi davanti alla figlia, ballando sui talloni.

« Attila, figlia mia, ho squartato vacche per tutta la vita, so quel che dico... Qui c'è qualcosa che non va. »

La mattina dopo la saracinesca del negozio restò abbassata. Il macellaio, in giacca e cravatta, caricò la bambina in macchina e prese la strada che portava in città. Questa volta ci voleva la visita di un dottore famoso. Ne aveva trovato uno sulle pagine gialle, uno straniero. Era pronto a spendere molti soldi pur di sapere cosa stava succedendo a sua figlia.

Lungo la strada Attila guardava i ragazzi, soprattutto i più sporchi, i capelloni, e quelli con la faccia da delinquente. Era una ragazzina provocante, e i ragazzi le gridavano dietro frasi non sempre raffinate. Il macellaio era indignato come padre, ma fiero come uomo.

« Senti cosa ti dicono? Eh? Si vede che sei una bella ragazza. »

Finalmente arrivarono. Il dottore era una dottoressa cinese che parlava uno strano italiano e doveva vederci poco. Chiamò il macellaio *signora* e gli mise subito le mani addosso per visitarlo. Lui spazzò via quelle manine gialle e disse che la persona da visitare non era lui, ma sua figlia.

« Bene, bene... Allola dev'essele questo bel bambino... » disse la cinese. Il macellaio cercò di radunare tutta la pazienza che gli era rimasta e cominciò a spiegare di cosa si trattava. Voleva parlare della faccenda nel modo meno imbarazzante e più chiaro possibile, ma come al solito s'impappinava. La dottoressa lo interruppe, convinta di aver capito tutto perfettamente.

«Vuole accomodale di là pel favole? Io chiamelò quando salà momento» disse sollidendo. Il macellaio uscì mordendosi le labbra. La dottoressa sistemò il bambino sopra una barella e gli sfilò le mutande. Attila stava immobile, gli occhi sbarrati e l'aria offesa.

Le manine gialle camminavano veloci da un testicolo all'altro... Effettivamente erano minuscoli, e sopra quelle ciliegine si stentava a trovare ciò che doveva esserci. Il pene era come affogato in mezzo a una bocca carnosa molto molto strana. Se non si fosse trattato di un maschio veniva da pensare a una vagina. La dottoressa si aiutò con una lente d'ingrandimento. Guardò attentamente quel pube completamente glabro, sfilò con delicatezza il minuscolo pene dalla sua custodia, lo prese tra le dita e cominciò a stuzzicarlo per vedere come reagiva. Attila sentì un formicolio piacevole e una specie di tepore spandersi nella pancia, chiuse gli occhi e si lasciò andare. Il pene si drizzò e da minuscolo diventò piccolo. Un truciolo carnoso, duro come un sassolino. Le dita della dottoressa continuarono con l'esperimento. A un certo punto il truciolo diventò rosso e caldo. Attila cominciò a vibrare, fece un paio di lamenti, poi scalciò come un mulo e dopo un lungo sospiro trovò la pace. Una goccia di umidità bagnò i polpastrelli della dottoressa.

Stlano, pensò in cinese. Fece rivestire il bambino e chiamò il suo genitore. Il macellaio entrò nello studio con i soldi in mano. La dottoressa li prese e poi gli disse di sedersi.

«Suo figlio ha soltanto un litardo nello sviluppo...»

«Sviluppo di che?»

«I genitali.»

«Sarebbe... genitari?» disse il macellaio.

«Genitali, con la elle. Insomma ha il pene piccolino, ma clescelà.»

«Cos'è che crescerà?»

«Il pene, il fallo... Insomma l'uccellino, come lo chiamate voi.»

«Ah, è un maschio!»

«Celto che è un maschio.»

«Lo dicevo io! Ma... e le poppe?»

«Dice il seno?»

«Sì, le poppe...»

«Ma che c'entla il seno? Un maschio è un maschio.»

«Certo, è giusto... Un maschio è un maschio...» Il macellaio salutò la dottoressa, felice come una pasqua. Prese suo figlio per la mano e lo portò dal barbiere.

«Che taglio facciamo, bimba?» disse il barbiere. Il macellaio si mise in mezzo e fece un gesto in aria con la mano.

«A spazzola!» Si lasciò andare sulla panca e immerse la faccia nella «Gazzetta dello Sport».

Finita la tosatura portò il suo bambino in un negozio di abbigliamento maschile, poi andarono dal gelataio per festeggiare. Quando tornarono alla macelleria, Attila sembrava una bambina triste vestita da maschio. Il seno abbondante era schiacciato da una maglia molto stretta.

Il macellaio invece era felice, un figlio maschio era tutta un'altra cosa. Chiuse in camera il futuro avvocato dicendogli di studiare e se ne andò a lavorare fischiettando. Quel pomeriggio tagliava la carne e spezzava le ossa con il sorriso sulle labbra.

«Ho tirato su un bel bambino! Roba mia!» diceva a tutti. Le donne facevano finta di nulla. Le vecchie borbottavano nei vicoli guardandosi intorno inorridite.

La sera dopo cena, il macellaio fece sedere Attila sulle sue ginocchia e lo guardò con orgoglio.

«Da oggi sei di nuovo mio figlio, un maschio. Puoi fumare e bestemmiare, puoi giocare con i teschi di maiale e puoi uscire la notte. Però devi studiare sodo. Diventerai avvocato, l'ho deciso io e devi essere contento. Dovrai anche imparare come si taglia a pezzi un vitello e come si fanno le salsicce. Tuo babbo t'insegnerà le cose importanti della vita.»

Due mesi dopo Attila ebbe le prime mestruazioni. La notizia fece il giro del paese. Le vecchie caddero svenute, rinvennero, pregarono a lungo. Sull'indice e sul pollice avevano il callo del rosario. Misero delle trecce d'aglio appese alle finestre, e con l'aiuto del prete organizzarono un viaggio a Lourdes.

Avvilito, il macellaio decise di portare Attila da uno specialista tedesco. Voleva sapere una volta per tutte cosa diavolo stesse succedendo. Abbassò la saracinesca e partì per la città.

Il medico tedesco ascoltò i lamenti del macellaio senza dire una parola, poi si alzò. Girò dietro la scrivania e disse alla bimba di sdraiarsi sopra il lettino.

«Devo uscire?» chiese il macellaio.

«Nein» disse il medico. Si mise dei guanti trasparenti, e con un certo disgusto denudò Attila. Si impegnò in una visita scrupolosa. Vide il frammento di pene e strizzò gli occhi con aria perplessa. Frugò ancora sopra e sotto, si fece largo in quella confusione e finalmente trovò quello che cercava, un'apertura. Ci mise dentro un dito, lo sfilò, lo annusò, poi lo esaminò alla luce della lampada.

«Kome sospettavo» disse, con un sorriso soddisfatto. Il macellaio cominciò a tirare fuori i soldi, fissando lo specialista con la bocca aperta.

«Insomma... Che cos'ha mio figlio?»

«Questo pampino essere piccolo mostro.»

«Eh?»

«Né karne né pesce... Non è così che dite foi italiani?»

«E insomma... Sarebbe?»

«Eeeehh...» sospirò il medico. Andò a sedersi dietro la scrivania e spiegò con calma tutta la faccenda.

Il macellaio si ritrovò in strada tenendo per mano una strana bambina vestita da maschio. Un esserino rasato come un paracadutista, con gli occhi da donna, le mutande rosse di mestruazioni, capace di pisciare in piedi e con due tette così.

Padre e figlio vagarono per la città tutto il giorno, senza dirsi una parola. Il macellaio si tirava dietro quel *piccolo mostro* guardando gli occhi della gente che incrociava sui marciapiedi. Gli sembrava che tutti sapessero la verità, e che lo guardassero con disprezzo. Era senza dubbio il giorno più brutto della sua vita.

Il sole tramontò e la città diventò buia, piena di ombre cattive. Tornarono alla macchina passando per le vie più deserte. Il cielo era nero, senza stelle.

Il macellaio guidava senza fretta, sprofondato sul sedile. Aveva le mani sudate e se le asciugava di continuo sui pantaloni. Arrivarono al paese, seri come preti alla messa. Parcheggiarono in piazza e s'incamminarono verso casa uno accanto all'altro, senza guardarsi.

Quando passarono accanto a un grosso bidone della spazzatura, d'istinto il macellaio si fermò. Non era un bidone qualunque. Attila era *nato* proprio lì dentro, molti anni fa. Il macellaio si ricordò di tutte le speranze che aveva avuto... Le gioie, i progetti, gli insegnamenti, i soldi spesi, le bistecche. Che cosa triste la vita, pensò. Gli vennero in mente un sacco di cose... I suoi vicini di casa, le sue fedeli clienti, il suo tagliere sempre pulito... Gli venne in mente anche Dio, e poi sua mamma. Sentì uscire le lacrime e si asciugò gli occhi con le dita. Il mostriciattolo se ne accorse.

« Cos'hai, babbo? »

« Nulla... »

« Perché ci siamo fermati qui? »

« Nulla » fece il macellaio, carezzandogli la testa. Si guardò intorno per controllare che non ci fosse nessuno in giro. Rimase un attimo in ascolto. Di colpo aprì il bidone della spazzatura e ci buttò dentro Attila, suo figlio.

*Il matto e la morte*

di Mario Tobino

Pubblichiamo in fondo a questa raccolta di «storie di ordinaria follia» una lettera di Mario Tobino uscita su «La Nazione» il 7 novembre 1985, quando il medico-scrittore, dopo una vita passata a curare la malattia mentale, era in pensione da cinque anni. Un intervento doloroso, di grande intensità, in merito alla Legge Basaglia (la celebre 180) che decretò, tra molte polemiche, la chiusura dei manicomi e regolamentò il trattamento sanitario obbligatorio, istituendo servizi di igiene mentale pubblici. L'abbiamo scelto per gettare uno sguardo su quella condizione umana che sta solo un passo più in là del disagio di vivere raccontato dai personaggi di questa antologia.

*M.V.*

Sono un medico di manicomio da cinque anni in pensione. Ho avuto notizia di questo convegno e ho desiderato parteciparvi.

Fui medico in questo stesso ospedale che ero ancor giovane. Ne sono trascorse di stagioni, accadute delle vicende, ma mai più a quel tempo avrei potuto immaginare che si chiudessero i manicomi – scusatemi se ho pronunciato questa aborrita parola –, si chiudessero gli ospedali psichiatrici, fosse votata la legge 180.

La vita del pensionato spesso è fatalmente solitaria e facilmente mi sorgono delle domande. Sono venuto a questo convegno sperando di ricevere qualche risposta.

Ai nostri tempi, prima della scoperta degli psicofarmaci, ma anche quando cominciarono a essere usati, esisteva in ogni ospedale psichiatrico il reparto più importante, di solito chiamato Osservazione – Vigilanza. Era composto da uno o due stanzoni, piuttosto ampi, i letti assai distanti uno dall'altro per modo che gli infermieri potessero tra un malato e l'altro muoversi con agio.

Arrivava un disturbato psichiatrico, come debbo chiamarlo? un matto, una persona che era in contrasto con la società; qui era ospitato.

È mio avviso che non si può riconoscere la follia se

non la si frequenta come un familiare, in modo di impadronirsi di ogni suo piccolo e grosso segreto, ogni sfumatura della sua personalità.

L'osservazione durava quindici giorni e, se per caso rimaneva qualche dubbio, lo psichiatra poteva chiedere una proroga di altri quindici giorni. Il medico in questa scoperta della persona che gli era stata affidata era aiutato da certi infermieri; di solito in ogni turno ce n'era per lo meno uno che aveva disposizione ad afferrare i moti dell'animo umano.

Oggi, in dipendenza della legge 180, il reparto Osservazione – Vigilanza non esiste più. Se uno proprio dà certe manifestazioni, se ha qualche psichica esplosione può essere sì ospitato ma mai più in un ospedale psichiatrico, questi, perbacco, sono stati distrutti, sarà invece ospitato in un così detto Servizio Psichiatrico che di solito è un repartino nell'ospedale civile, per nulla somigliante al crudele manicomio. È un piccolo reparto, pochissime stanzette, dove possono abitare al massimo quindici persone, il sedicesimo che si presentasse è scacciato via, la legge lo proibisce, non esiste. Lì dentro, nel così detto Servizio, al quale a volte danno arzigogolati nomi come: *Reparto di diagnosi e cura della psiche*, lì dentro, dove donne e uomini sono mescolati, stretti i letti l'uno all'altro, non si può rimanere più di quei dati giorni, pochi, pochi, bastano, ritorni al più presto in mezzo alla gente, tra quella società che è responsabile di certe sue parole e gesticolazioni. Si inserisca. Ma dove, in quale società?

La maggior parte di coloro che per pochi giorni sono stati accolti nei Servizi Psichiatrici sono operai o figli di operai, persone scarsamente abbienti, povere o quasi, che abitano in quei grossi edifici delle città moderne, umani alveari. Abitano costoro in uno degli infiniti appartamentini, nei quali alloggiano anche bambini, vecchi, fratelli, sorelle.

Ecco dove si inseriscono, proprio nel nido dove covò e nacque il primo delirio. Poveri genitori! La notte in allarme per quel figlio matto che subito è stato rispedito a casa, e la mattina presto debbono alzarsi e andare verso la fabbrica dove li aspetta la catena di montaggio.

Questa è la verità sulla legge 180, e mi viene persino il sospetto che è stata progettata da persone che hanno malignità e forse ira contro chi umilmente lavora, chi insomma è povero o quasi.

Ma ritorniamo al Servizio psichiatrico, a quell'innovatore e progressista repartino di quindici letti.

Se uno dunque, uno dei ricoverati si mette a urlare, se, come si diceva una volta, si agita? Che fanno?

Semplice. Usano gli psicofarmaci maggiori e cioè gli somministrano potenti dosi. Penseranno questi psicofarmaci *maggiori* ad avvolgere il paziente in chimiche catene.

In questi così minuscoli reparti si è costretti a usare di continuo gli psicofarmaci *maggiori*. E allora nasce quest'altra domandina:

Si può indagare su una mente, dentro un'anima che è stata spenta, privata di ogni luce, studiare una mente che per mezzo di medicinali è stata immersa, sprofondata in un buio baratro?

Dunque non si frequenta più la malattia mentale, non la si conosce.

Infatti come si può entrare in confidenza, diventar familiari con uno che ha gli occhi velati, la lingua impastata, lo spirito immobile, con uno che è stato ridotto a un manichino di cera?

Gli psichiatri di oggi come fanno ad esistere se non possono più stare a tu per tu, studiare i loro soggetti?

Per avvicinarmi a un'altra domanda debbo prima accennare a una piccola faccenda personale.

Sono in pensione ma ancora posso entrare nel mio vecchio ospedale, nel manicomio di Lucca. Nonostante tutte le leggi, anche oggi questo ospedale ospita circa quattrocento malati.

Mentre ero per lasciare il mestiere, cinque anni fa, il presidente dell'amministrazione, il caro avvocato Bicocchi, mi chiamò:

« Senti, in quelle due stanzette del manicomio ci hai abitato quaranta anni. Resteranno ancora tue, il consiglio provinciale è d'accordo con me, voteremo un deliberato. Tornerai qui al manicomio quando ti parrà, e nello stesso tempo affideremo l'Archivio alle tue cure ».

Per questo ogni settimana almeno un giorno me ne ristò nell'ospedale di Lucca. In quella « abitazione medici » siamo rimasti solo in due, io e il cappuccino, il frate, padre Matteo.

Naturalmente succede che padre Matteo, quando nel corridoio del secondo piano, lui che ha la camera, ero per dire la cella, proprio davanti alla mia porta, quando ode i passi si affaccia e mi dà il benvenuto. Capita che mi dia anche delle novità.

Or dunque l'ultima volta, pochi giorni or sono, batté di subito brutto, batté nero:

«Se ne sono ammazzati due. Uno impiccato, aveva trentatré anni; l'altra è una donna, si è buttata dalla finestra, ha picchiato la testa ed è morta».

Poi seppi che quel giovane si era impiccato con la cinghia dei pantaloni, in una stalla abbandonata, quello stanzone vicino alla chiesetta.

Lo aveva scoperto un altro malato; passando per caso lì davanti aveva scorto il leggero dondolio dei piedi.

Trabucchi, il professor Trabucchi, direttore del manicomio di Verona, non si può certo definire retrogrado, un reazionario, un profittatore di deboli, di indifesi, di matti. Già nel 1969 proprio Trabucchi mise su e inaugurò un bel paesino, nei pressi di Verona, si chiamava Marzana, un paesello di settecento anime. Tutti erano ex ricoverati di ospedali psichiatrici, esempio di speranza, di progresso, di modernità, di amore realizzato. In quel paese ogni ex malato svolgeva il proprio mestiere. Insomma Trabucchi aveva aperto la via perché ognuno riavesse un po' di consolazione. Per fare questo Trabucchi non aveva aspettato nessuna legge 180. Si era nel 1969. Ebbene questo stesso Trabucchi, Cherubino Trabucchi, nel 1982 ha ripetutamente pubblicato su giornali e riviste, *nel 1982*, che i morti in dipendenza della legge 180 sono da due a tremila. Questo lo affermava nel 1982. È passato il 1983, il 1984. Il 1985 sta per scoccare il suo termine.

Prima della legge 180, quando esisteva la pazzia e ogni dipendente dell'ospedale psichiatrico aveva una responsabilità, se capitava il morto, se il malato si uccideva o ammazzava un altro, erano dolori per tutto l'ospedale, responsabilità, interrogatori, arrivavano i giudici, ci sarebbe stato il processo, un affare grosso, visi abbuiati per giorni e giorni.

Né era possibile nascondere il fatto, non solo per il dovere, perché i familiari dovevano essere avvertiti, ma anche perché la notizia si spargeva fuori delle mura dell'ospedale. Il direttore, anche volendo, non poteva non denunciare l'accaduto. Esistevano, come in ogni luogo, le gelosie, le invidie, le gare. Qualcuno, per sue ragioni, poteva avvertire le autorità. I giudici del Tribunale ineluttabilmente lo avrebbero saputo.

Questo prevengo per rispondere a coloro che insinuano che i morti c'erano anche prima della legge 180. Soltanto, affermano, che gli psichiatri di quel tempo, servitori del capitalismo, tacevano dei morti, li nascondevano.

Comunque stiano le cose, si può sapere a quanti morti oggi si è arrivati? Poi si farà il paragone col passato.

Cherubino Trabucchi nel 1982 dichiarò, denunciò che i morti – suicidi o omicidi – in dipendenza della 180 erano da due a tremila. Oggi io domando: i morti quanti sono? Che cifra abbiamo raggiunto?

Ho finito. Grazie di avermi ascoltato.

# *Note biografiche*

**Edoardo Albinati** è nato nel 1956 a Roma. Ha pubblicato libri di narrativa e poesia, tra cui *Arabeschi della vita morale*, *Il polacco lavatore di vetri*, *Orti di guerra*, *Maggio selvaggio*, *19*, *Sintassi italiana*, *Svenimenti* (premio Viareggio 2004), *Tuttalpiù muoio* (scritto con Filippo Timi), *Guerra alla tristezza!*. Dal 1994 insegna presso il penitenziario di Rebibbia a Roma. Il suo libro più recente è *Vita e morte di un ingegnere* (Mondadori).

**Lorenzo Chiodi** è nato nel 1984 a Firenze, dove vive. Questa è la sua prima pubblicazione.

**Diego De Silva** è nato nel 1964 a Napoli. Ha pubblicato da Einaudi *Certi bambini* (premio selezione Campiello 2001), da cui i fratelli Frazzi hanno tratto nel 2004 l'omonimo film (primo premio al festival di Karlovy Vary, premio europeo rivelazione 2004, due David di Donatello); *La donna di scorta* (2001); *Voglio guardare* (2002); *Da un'altra carne* (2004); *Non avevo capito niente* (2007, premio Napoli, finalista premio Strega); *Mia suocera beve* (2010); *Sono contrario alle emozioni* (2011). Suoi racconti sono apparsi nelle antologie einaudiane *Disertori*, *Crimini*, *Crimini italiani*, *Questo terribile intricato mondo* e nel volume *Tre terzi*. Scrive anche per il cinema e collabora con «Il Mattino» e «l'Espresso».

**Laura Del Lama** è nata nel 1975 a Firenze dove vive e lavora. Ha pubblicato il romanzo *Non so dove ho sbagliato* (Cult Editore, 2009) e il racconto «La cagna» nell'antologia *Drugs* (Guanda, 2011), oltre a racconti in riviste e antologie.

**Marta Morazzoni** è nata a Milano e vive a Gallarate, dove insegna lettere in una scuola superiore. Il suo primo libro, *La ragazza col turbante* (1986), ha avuto uno straordinario successo critico in Italia e all'estero. Analogo consenso hanno ricevuto i volumi successivi, usciti, come il primo, da Longanesi: *L'invenzione della verità* (1988, premio selezione Campiello), *Casa materna* (1992, premio selezione Campiello), *L'estuario* (1996), *Il caso Courrier* (1997, premio Campiello), al quale è stato attribuito in Gran Bretagna l'Independent Foreign Fiction Award 2001, *Una lezione di stile* (2002), *Un incontro inatteso per il consigliere Goethe* (2005) e *La nota segreta* (2010). Fra i suoi libri anche *La città del desiderio. Amsterdam* (Guanda, 2006) e *Trentasette libri e un cane* (Filema, 2008).

**Gianluca Morozzi** è nato nel 1971 a Bologna, dove vive. Presso Guanda ha pubblicato i romanzi *Blackout* (2004), *L'era del porco* (2005), *Despero* (2007), *Colui che gli dei vogliono distruggere* (2009), *Cicatrici* (2010), *Chi non muore* (2011); il saggio *L'Emilia o la dura legge* *della musica* (2006) e il graphic novel *Il vangelo del coyote* (2007).

**Divier Nelli** è nato nel 1974 a Viareggio, dove vive e lavora. È autore di *La contessa* (Passigli, 2002), *Falso Binario* (Passigli, 2004), *Il lungo inganno*, scritto a quattro mani con Leonardo Gori (Hobby & Work, 2009). Suoi racconti sono stati pubblicati su numerose antologie tra cui *Fez, struzzi e manganelli* (Sonzogno, 2005), *Delitti in provincia* (Guanda, 2007), *Seven, 21 storie di peccato e paura* (Piemme, 2010), *Camicie Rosse, Storie Nere* (Hobby & Work, 2011), *Drugs*, di cui è anche curatore (Guanda, 2011). Ha riscritto *Il mio cadavere* di Francesco Mastriani (Rusconi, 2011), considerato il primo giallo della letteratura italiana. Dal 2010 è direttore dei Gialli Rusconi.

**Paolo Nori** è nato nel 1963 a Parma. Ha pubblicato molti romanzi, il secondo si intitola *Bassotuba non c'è* (DeriveApprodi, 1999; Einaudi, 2000; Feltrinelli, 2009), il penultimo *I malcontenti* (Einaudi, 2010).

**Marco Vichi** è nato nel 1957 a Firenze e vive nel Chianti. È autore di racconti, testi teatrali e romanzi. Presso Guanda ha pubblicato i romanzi: *L'inquilino*, *Donne donne*, *Il brigante*, *Nero di luna*, *Un tipo tranquillo*, *La vendetta*; le raccolte di racconti *Perché dollari?* e *Buio d'amore*; la serie dedicata al commissario Bordelli: *Il commissario Bordelli*, *Una brutta faccenda*, *Il nuovo venuto*, *Morte a Firenze* (Premio Giorgio Scerbanenco – La Stampa 2009 per il miglior romanzo noir italiano),

*La forza del destino*; e il graphic novel *Morto due volte*, con Werther Dell'Edera. Ha inoltre curato le antologie *Città in nero* e *Delitti in provincia.* Il suo sito internet è www.marcovichi.it

## *Indice*

Fotocomposizione Editype s.r.l.
Agrate Brianza (MB)

Finito di stampare
nel mese di giugno 2012
per conto della Ugo Guanda S.p.A.
dal Nuovo Istituto Italiano d'Arti Grafiche - Bergamo
Printed in Italy